Gina Mayer

Pferdeflüsterer-Academy – Zerbrechliche Träume

Gina Mayer

Pferdeflüsterer ACADEMY

Zerbrechliche Träume

Band 5

Ravensburger

Bibliografische Information der Deutschen Nationalbibliothek:
Die Deutsche Nationalbibliothek verzeichnet diese Publikation in
der Deutschen Nationalbibliografie. Detaillierte bibliografische Daten
sind im Internet über http://dnb.d-nb.de abrufbar.

6 8 10 9 7

© 2019 Ravensburger Verlag GmbH
Postfach 24 60, 88194 Ravensburg

Text © Gina Mayer
Vermittelt durch die Literaturagentur Arteaga, Berlin

Umschlaggestaltung unter Verwendung von Bildern von
© Parfonovaluliia / iStock (Gesicht Mädchen); © sanneberg /
shutterstock (Zopf und Hemd); © hemlep / AdobeStock (Pferd);
© Tomasz Zajda / AdobeStock (Landschaft); © snyGGG /
AdobeStock (Himmel)
Pferdevignette: © Alinart / depositphotos
Redaktion: Beate Spindler

Printed in Germany

ISBN 978-3-473-40454-4
ravensburger.com/service

Über ihm war das Fenster. Dahinter dehnte sich der Himmel aus. Am Tag war er hell. In der Nacht schwarz. Das war alles, was sich in seinem Leben veränderte. Der Himmel, der manchmal hell und manchmal dunkel war.

Wenn er den Kopf hob, konnte er ihn sehen. Wenn er geradeaus starrte, blickte er auf die Bretterwand, die ihn umgab.

Hinter der Wand waren andere Pferde. Er hörte ihre Hufschritte auf dem Boden, das Rascheln von Heu, ihr schrilles Wiehern, wenn sie sich erschreckten. Er roch ihren Schweiß, wenn sie am Morgen von der Rennbahn zurück in den Stall kamen. Nach dem Rennen hatte man sie mit Wasser abgespritzt, aber die Erschöpfung ließ sich nicht abwaschen, sie haftete ihnen an.

Er konnte sie nicht sehen und sie sahen ihn auch nicht. Wahrscheinlich hatten sie ihn längst vergessen, so wie auch er alles zu vergessen begann.

Seit er das Mädchen zu Boden geworfen und getreten hatte, hatte man ihn nicht mehr aus der Box geholt. Die Menschen näherten sich ihm nur noch mit größter Vorsicht. Man gab ihm zu fressen, doch keiner berührte ihn. Niemand wagte es, auf seinen Rücken zu steigen.

Sie wussten jetzt, dass man ihm nicht trauen durfte. Er hätte es wieder getan. Aber das Mädchen wagte nicht mehr, sich ihm zu nähern. Auch der Mann ließ sich nicht mehr blicken.

Tag für Tag stand er allein in seinem Verschlag und starrte auf die Bretterwand. Wenn er den Kopf hob, sah er den Himmel, der abwechselnd hell und dunkel wurde. Aber vielleicht war auch das nur eine Täuschung.

Summer und Chenoa waren zurück zum Ufer geschwommen und an Land gewatet. Nun standen die beiden Pferde auf dem schmalen Sandstrand und knabberten an dem dunkelgrünen Schilf, das aus dem Wasser ragte.

Shaman wäre auch gerne an Land gegangen, das spürte Zoe. Aber er wollte sie nicht allein lassen, mitten im See.

„Du musst keine Angst um mich haben, Shaman", flüsterte sie ihm ins Ohr. „Isabelle und Cathy passen auf mich auf."

Zärtlich klopfte sie seinen nassen Hals. Da schnaubte der schwarze Mustang laut und schwamm zurück.

„Hat dir noch niemand gesagt, dass Pferde keine Menschensprache verstehen?", fragte Cathy ein paar

Meter neben Zoe. Ihre pink gefärbten Haare leuchteten auf dem Wasser wie eine Rettungsboje. „Deshalb lernen wir hier in Snowfields ja auch Natural Horsemanship."

„Das solltest du Shaman erklären, nicht Zoe", sagte Isabelle, die zu Zoes anderer Seite auf dem Rücken lag. Ihre goldbraunen Haare schwebten auf der Wasseroberfläche wie ein seidener Fächer. „Er sollte sich schämen. Für ein Pferd verhält er sich vollkommen widernatürlich." Sie stammte aus Quebec und sprach mit einem bezaubernden frankokanadischen Akzent.

„Ich bin froh, dass es wenigstens *ein* Pferd gibt, das mich versteht", sagte Zoe. „Bei den anderen scheitere ich ja regelmäßig."

Shaman hatte inzwischen das Ufer erreicht. Zoe sah ihm dabei zu, wie er aus dem Wasser stieg. Sein pechschwarzer kraftvoller Körper glänzte im Licht der Sommersonne wie flüssiger Asphalt. Wie schön der Hengst war!

Dann drehte sie sich wie Isabelle auf den Rücken. Auf der Wasseroberfläche liegend, blickte sie in den blauen Sommerhimmel.

Sie fragte sich, wie sie existieren konnte, bevor sie nach Snowfields gekommen war. Der See, der Wald, die Wildnis, all das war ein Teil von ihr. Wie hatte sie es so lange in der Stadt aushalten können?

Zoe und ihre Freundinnen besuchten das renommierte Reitinternat Snowfields Academy im Nordwesten Kanadas. Seit einem Jahr gab es dort eine ganz besondere Klasse mit dem Schwerpunkt Natural Horsemanship. Die Pferdeflüsterer – wie die Schüler vom Rest der Schule genannt wurden – lernten, mit Pferden zu kommunizieren. Ohne Druck, ohne Hilfsmittel und vor allem ohne Worte.

Zoe fiel das unendlich schwer. Im Gegensatz zu ihren Klassenkameraden war sie nicht mit Pferden aufgewachsen, sondern hatte erst vor einem Jahr mit dem Reiten begonnen. Dass sie dennoch auf dem Eliteinternat angenommen worden war, verdankte sie allein Shaman.

Als Zoe dem schwarzen Mustang zum ersten Mal begegnet war, hatte er niemanden in seine Nähe gelassen. Keiner durfte ihn berühren oder gar reiten. Nur Zoe hatte er von Anfang an akzeptiert. Weil sie sich auf eine rätselhafte und absolut unerklärliche Weise verstanden.

Ob mit oder ohne Worte, Shaman spürte genau, was Zoe von ihm wollte. Genau wie Zoe fühlte, was in Shaman vorging.

„Komm schon, Zoe", sagte Cathy. „Du wirst immer besser. Das Join-up mit Rocky gestern war super."

„Rocky ist lammfromm", entgegnete Zoe. „Isabelle

hat den verrückten Duke dazu gebracht, ihr freiwillig seinen Huf zu geben. Das nenn ich Pferdeflüstern! So weit werde ich im Leben nicht kommen."

„Ach, hör auf zu jammern!" Isabelle drehte sich vom Rücken auf den Bauch. Ihre schönen mandelförmigen Augen musterten Zoe halb amüsiert, halb genervt. „Lasst uns rausgehen. Mir wird langsam echt kalt."

„Okay!", rief Cathy. „Wettschwimmen zum Ufer."

Sie kraulte los, bevor sie den Satz richtig zu Ende gebracht hatte, und war ihren Freundinnen im Nu meterweit voraus.

Cathy schwamm fast so gut, wie sie ritt. Sie war es auch gewesen, die die verborgene Bucht am See entdeckt hatte. Am Anfang war sie immer allein hierhergekommen. Aber vor einigen Wochen hatte sie Zoe ihren Lieblingsort gezeigt. Und heute war zum ersten Mal auch Isabelle dabei. Sie mit zur geheimen Bucht zu nehmen, war der ultimative Vertrauensbeweis für Cathy, das war allen drei Freundinnen klar.

„Versuch gar nicht erst, sie einzuholen", sagte Zoe, bevor sie sich ebenfalls in Bewegung setzte. „Cathy trainiert heimlich für Olympia."

Sie und Isabelle schwammen gemächlich zum Ufer und waren noch ein ganzes Stück vom Strand entfernt, als Cathy an Land watete und ihnen zuwinkte.

„He, ihr lahmen Enten!", rief sie. „Beeilt euch mal, sonst ess ich die Gummibärchen allein auf!"

Später lagen sie auf ihren Handtüchern und ließen sich mit geschlossenen Augen von der Sonne trocknen. Die Sonnenstrahlen flirrten orangerot durch Zoes Lider. Im Wald zwitscherten die Vögel. Ein Specht hämmerte gegen einen Baumstamm.

„Das ist perfekt", murmelte Isabelle im selben Moment, in dem Zoe es dachte. „Ich will nie mehr hier weg."

Cathy seufzte. „Das denk ich auch jedes Mal, wenn ich hier bin."

„Danke, dass du mich mitgenommen hast", sagte Isabelle.

„Wenn du irgendjemandem von der Bucht erzählst, muss ich dich töten", knurrte Cathy.

„Niemals", versicherte Isabelle. Dann quietschte sie laut auf. „Chenoa! Bist du verrückt geworden?" Sie fuhr in die Höhe und auch Zoe riss erschrocken die Augen auf.

Isabelles schneeweiße Stute stand mit hängendem Kopf neben ihrer Freundin und ließ sich von ihr zwischen den Ohren kraulen. „Sie hat sich vollkommen lautlos angeschlichen", erklärte Isabelle. „Als ich die Augen aufgemacht habe, sah ich sie plötzlich über mir."

„Ist eben doch ein Hexenpferd", spottete Cathy, obwohl sie genau wusste, dass Isabelle das nicht gerne hörte.

Zoe richtete sich nun ebenfalls auf und zog die Knie an den Körper. Sie blickte hinüber zur anderen Seite des Sees. Vor den Bergen mit ihren schneebedeckten Gipfeln war die Snowfields Academy zu sehen. Das Schloss, wie die Schule von den Schülern genannt wurde. Genauso sah das Gebäude ja auch aus – wie ein mittelalterliches Schloss.

Die dicken weißen Mauern des Haupthauses ragten steil nach oben und endeten in einem Gewirr aus spitzen Giebeln und runden Türmen. Dabei war das Gebäude gar nicht so alt. Erst vor hundert Jahren hatte es ein Eisenbahnmillionär erbaut, der sich damit ein Denkmal setzen wollte.

Vom Internat führte ein Weg zum See. Vor einer halben Stunde war die Wiese vor dem Wasser voller Schüler gewesen, die sich sonnten, Ball spielten oder miteinander quatschten. Jetzt waren dort nur noch ein paar vereinzelte Gestalten zu erkennen.

„Wie spät ist es eigentlich?", fragte Zoe.

Isabelle warf einen Blick auf ihr Handy. „Ups! Gleich halb fünf. Wir sollten zurück."

„Keine Panik." Cathy blieb regungslos auf dem Rücken liegen. „Wir haben noch massig Zeit. Im Sommer sehen die das in der Mensa mit dem Abendessen nicht so eng. Ich hab letztens auch um halb acht noch was bekommen."

„Ich hab um halb acht Probe für das Sommerfest." Isabelle stand auf. „Aber wenn ihr noch bleiben wollt – kein Problem. Ich kann auch allein zurückreiten."

„Nee, Quatsch. Allein verirrst du dich nur im Wald." Auch Cathy erhob sich. „Oder ein Bär frisst dich und Chenoa und ruiniert uns damit allen die Sommerferien. Das kann ich nicht verantworten."

Sie rollten ihre Handtücher zusammen und packten sie ein. Die große Ruhe, die Zoe gerade noch empfunden hatte, war plötzlich weg. Weil Cathy die Sommerferien erwähnt hatte.

Das Schuljahr neigte sich seinem Ende entgegen. Noch sieben Tage bis zum letzten Schultag, an dem in Snowfields traditionell ein großes Sommerfest stattfand, zu dem alle Eltern, Angehörigen und auch die ehemaligen Schüler eingeladen wurden. Zoes Eltern wollten zur Feier anreisen, um am nächsten Tag mit ihrer Tochter nach Hause zurückzufliegen.

Und danach? Kamen acht Wochen Sommerferien, die Zoe in Vancouver verbringen würde. Acht Wochen ohne Stress, Reitunterricht, Hausaufgaben und Prüfungen. Die meisten Schüler freuten sich wie verrückt darauf. Für Zoe war die Vorstellung der blanke Horror.

Eigentlich hatten ihre Eltern mit ihr drei Wochen lang nach Costa Rica fliegen wollen, aber nun hatte ihre Mutter ein wichtiges Konzert in Toronto und ihr Vater konnte wegen eines Mammutauftrags ebenfalls nicht weg. Zoes einzige Freundin in Vancouver, Kim, hatte seit Kurzem einen Freund. Die beiden reisten in den Sommerferien mit einer Jugendgruppe durch Europa. Zoe würde sich zu Tode langweilen.

Wenn ich nur in Snowfields bleiben könnte, dachte sie sehnsüchtig. Die Abgeschiedenheit des Schlosses, die Einsamkeit der Wälder, all das schreckte sie überhaupt nicht. Wieso auch? Shaman war hier. Und Cyprian würde die Ferien ebenfalls in Snowfields verbringen.

Wie immer, wenn sie an ihren Klassenkameraden dachte, machte Zoes Herz einen kleinen Sprung. Cyprian, der Zoes Freundschaft mit Isabelle fast zerstört hätte, ohne es zu wollen. Weil sie beide in ihn verliebt waren.

„Was machst du denn für ein finsteres Gesicht, Zoe?", fragte Cathy. „Hat dich ein Sandfloh gebissen?"

„Nein. Ich hab nur … Ach, ist ja auch egal."

„Bereust du es doch, dass du bei der Gala nicht dabei bist?", fragte Isabelle. „Du kannst immer noch einsteigen. Caleb freut sich, wenn noch ein paar Leute aus unserer Klasse mitmachen."

Das Sommerfest am Freitagabend würde mit einer spektakulären Galaveranstaltung in der Reithalle beginnen, bei der die Schüler den Zuschauern ihre Reitkünste präsentierten. Isabelle würde auf Chenoa eine Dressurvorführung reiten, auch Cyprian war mit einer Nummer dabei.

Aber Zoe hatte sofort abgewinkt, als ihr Klassenlehrer Caleb Cole ihr vorgeschlagen hatte, doch ebenfalls aufzutreten. Ihr letzter – total missglückter – Auftritt auf der Winterfeier saß ihr noch in den Knochen. Shaman war damals völlig ausgerastet und danach hatte es Monate gedauert, bis der Hengst wieder Vertrauen zu Zoe gefasst hatte.

„Du sollst ja auch nicht auf Shaman reiten", hatte Caleb gesagt. „Du kannst eines der Schulpferde nehmen. Alejandra, Drew und Haruko bereiten eine Voltigiershow vor. Da kannst du auf jeden Fall noch mit einsteigen."

Nein danke. Wenn sie schon nicht auf Shaman reiten konnte, dann wollte Zoe lieber gar nicht mitmachen.

„Jetzt ist es wirklich zu spät", sagte sie zu Isabelle. „Ist doch nur noch eine Woche bis zur Aufführung.

Nein, ich setz mich ganz entspannt ins Publikum und genieß die Show."

„Ich auch", sagte Cathy. „Schade, dass du das mit der Flöte nicht machst."

„Sehr witzig!", erwiderte Zoe.

Mrs. Fitzgerald, die Direktorin der Schule, hatte sie vor einigen Wochen gefragt, ob sie zur Begrüßung ein Stück auf der Querflöte spielen wollte. Denn bevor Zoe ihre Ausbildung zur Pferdeflüsterin in der Snowfields Academy begonnen hatte, war sie mit ihrer Flöte in den größten Konzerthäusern der Welt aufgetreten. *Zoe Deventer, das Wunderkind.* Ihre Konzerte waren Monate im Voraus ausverkauft gewesen, sie war ein internationaler Star. Aber das hatte sie alles aufgegeben, ohne mit der Wimper zu zucken. Für Shaman und Snowfields.

„Wieso?" Cathy zog ihre gepiercten Augenbrauen hoch. „Ich hätte dich gerne mal spielen gehört."

„Ich auch!", rief Isabelle. „Und wie!"

„Aufbruch", sagte Zoe und ging mit großen Schritten zu Shaman.

Die Querflöte, die Musik und die Auftritte – das war ihr altes Leben. Das Ganze hatte überhaupt nichts mit der Zoe zu tun, die heute in der Snowfields Academy Pferdeflüstern lernte. Und sie wollte, dass die Leute die alte Zoe endlich vergaßen.

Zoe wusste, dass bei ihren Eltern in Vancouver täglich E-Mails und Briefe aus aller Welt eintrafen, in der ihre Fans Zoe beschworen, doch noch einmal aufzutreten. Sie hatte ihrer Mom verboten, die Fanpost an sie weiterzuleiten. Sie wollte sie nicht sehen, sie wollte nichts davon wissen.

„Es geht vorbei", tröstete ihr Lehrer Caleb sie immer. „Irgendwann lassen sie dich in Ruhe." Er musste es wissen, er war früher ein weltberühmter Turnierreiter gewesen, bevor er sich dazu entschieden hatte, die Pferde nicht mehr nur als Sportgeräte zu sehen, sondern als Partner und Freunde. Und begonnen hatte, ihre Sprache zu lernen.

Heute hatte er eine halbe Stelle als Lehrer an der Snowfields Academy. In der übrigen Zeit arbeitete er mit traumatisierten und schwierigen Pferden. Obwohl die Schule so abgelegen war, brachten viele Pferdebesitzer ihre verstörten Tiere hierher, damit Caleb sie von ihren Ticks und Ängsten befreite.

Manchmal dauerte es Wochen, bis Caleb es schaffte, das Vertrauen eines Pferdes zu gewinnen. Aber es gelang ihm nahezu immer. Und jeder seiner Trainingserfolge trug dazu bei, dass er in der Pferdewelt noch bekannter wurde. Längst bekam er viel mehr Anfragen, als er annehmen konnte. Er war als Pferdeflüsterer mittlerweile genauso berühmt wie früher als Turnierreiter. Der Ruhm bedeutete ihm nichts, aber in seinem neuen Beruf war er im Reinen mit sich selbst, und das zählte.

„Nicht sauer sein, Zoe." Isabelle legte ihr einen Arm um die Schulter. „Wir haben es doch nicht böse gemeint. Ich finde es einfach total schade, dass du das Flötespielen so komplett aufgegeben hast."

Zoe verdrehte die Augen. „Kannst dich am Freitag ja mal mit meiner Mutter darüber austauschen. Ihr werdet euch bestimmt prima verstehen."

Auf dem Heimweg verflog ihre Missstimmung wieder. Der Wald mit seinen riesigen Nadelbäumen, den mächtigen Buchen und Erlen und den großen Farnen verfehlte seine Wirkung nie. Er machte Zoe ruhig und glücklich.

Nach dem Abendessen setzten sie und Cathy sich auf eine der Bänke in der großen Halle und sahen bei den Proben für die Galaveranstaltung zu.

Syd Okafor und Marcos Snyder aus der Elften hatten eine Nummer mit der Garroche einstudiert – einer langen Stange, die die berittenen Rinderhirten in Spanien früher benutzt hatten, um Stiere auseinanderzutreiben.

Die beiden Schüler kombinierten die traditionelle Technik mit tänzerischen Elementen, das Ganze sah total einfach aus. Aber natürlich war allen in der Halle klar, dass eine Menge harter Arbeit hinter der Vorführung steckte.

Danach kamen Alejandra, Haruko und Drew mit ihrer Voltigiershow. Die Übergänge saßen noch nicht so richtig, aber ansonsten klappte es wirklich gut.

Nach ihnen ritt Evi Steinmann auf dem kleinen Tinker-Hengst Tom auf die Reitbahn. Tom gehörte eigentlich Zoe, sie hatte ihn vor Kurzem gekauft, damit er Snowfields nicht verlassen musste. Weil sie selbst keine Zeit hatte, ihn zu reiten, hatte sie ihn an Evi Steinmann vermittelt, die aus Deutschland kam und noch kein eigenes Pferd hatte. Die zierliche Siebtklässlerin kam super mit Tom zurecht. Der kleine Tinker liebte sie heiß und innig und wäre ihr am liebsten auch in den Schlafsaal gefolgt.

Evi hatte mit Tom eine lustige Zirkusnummer einstudiert. Der Hengst musste zählen, balancieren und Ball spielen – und am Schluss verbeugte er sich wie ein Profi.

„Läuft doch alles super!", sagte Zoe, nachdem Evi und Tom wieder abgegangen waren. „Wozu proben die überhaupt noch?"

Als Nächstes führte eine Gruppe von Reiterinnen aus der Zehnten einen Tango zu Pferde vor, der allerdings komplett in die Hose ging. Nach zwei misslungenen Versuchen brach die stellvertretende Direktorin Mrs. de Cesco die Nummer ab.

„Was ist denn das für ein Kasperletheater?", fragte sie ärgerlich. „Ihr habt noch eine Chance. Wenn eure Vorführung morgen Abend wieder so katastrophal ist, wird die Nummer ersatzlos gestrichen."

Geknickt führten die acht Reiterinnen ihre Pferde aus der Halle.

„Wo sie recht hat, hat sie recht", sagte Cathy. „Die waren echt unterirdisch."

„Du stimmst Mrs. de Cesco zu?", sagte Zoe. „Dass ich das noch erleben darf!"

Mrs. de Cesco war früher selbst eine erfolgreiche Turnierreiterin gewesen und unterrichtete jetzt sowohl Dressur- als auch Springreiten im Reiterinternat. Wegen ihrer Strenge und Unerbittlichkeit war die Lehrerin gefürchtet – sie hatte aber auch eine große Schar an Bewunderern, die sie anhimmelten und alles taten, um ihr zu gefallen. Wer es in Mrs. de Cescos Klasse geschafft hatte, hatte es wirklich geschafft, da waren sich die meisten Schüler einig.

Zoe und Cathy gehörten definitiv nicht zu ihren Bewunderern. Sie hatten beide in der Vergangenheit schlimme Erfahrungen mit der Lehrerin gemacht und trauten ihr nicht über den Weg.

„Was soll das Gequatsche da oben?" Nun richteten

sich die eisgrauen Augen der stellvertretenden Direktorin auf sie. „Ihr könnt gerne zusehen, aber wer stört, fliegt raus."

Zoe nickte und presste die Lippen zusammen. Aus dem Augenwinkel sah sie, dass Cathy die Augen verdrehte. Aber auch sie schwieg jetzt.

„Weiter geht's!" Mrs. de Cesco klatschte in die Hände. „Wir wollen heute ja schließlich auch noch mal fertig werden."

Den Abschluss der Vorstellung bildete Isabelle auf Chenoa mit einer klassischen Dressurnummer. Die Kür, die sie erst in den letzten Tagen erarbeitet hatte, war viel unspektakulärer als die vorangegangenen Nummern. Dennoch hielt bei ihrem Auftritt die ganze Halle den Atem an. Isabelle und Chenoa waren einfach perfekt. Jede Bewegung stimmte, jeder Schritt passte.

Isabelle war vor drei Wochen vierzehn geworden. Aber genau wie Zoe an der Querflöte war sie ein Vollprofi im Reitsport. Ihrer Familie gehörte das *Dufresne Stud & Stallion Breeding* in Quebec – das berühmteste Gestüt in Nordamerika.

Isabelle hatte mit drei Jahren mit dem Reiten begonnen und bereits alle wichtigen Nachwuchspreise im Dressurreiten gewonnen. Doch dann hatte sie ihre

Karriere als Profireiterin beendet, um künftig die Pferdeflüsterer-Klasse von Caleb Cole zu besuchen.

Isabelle war Zoes beste Freundin in der Snowfields Academy, dennoch konnte Zoe einen Anflug von Neid nicht unterdrücken, als sie sah, wie Isabelle Chenoa von einer Passage in eine makellose Piaffe brachte. Reiterin und Pferd bewegten sich wie ein einziger Körper, anmutig, elegant und mühelos.

Nachdem Isabelle ihre Nummer beendet hatte und aus dem Sattel gesprungen war, brach lauter Applaus aus. Isabelle winkte ab und führte Chenoa von der Reitbahn, als wäre das alles nichts Besonderes.

Es war ja auch nichts Besonderes für sie.

Nur Zoe musste sich alles hart erarbeiten: die Dressurlektionen, das Springen, aber vor allem die Kommunikation mit den Pferden. Während Isabelle einen verstörten Hengst nach wenigen Minuten dazu brachte, ihr wie ein Hündchen zu folgen, kommunizierte Zoe nach ihrem ersten Schuljahr gerade mal einigermaßen mit den braven Schulpferden.

Allerdings stellte Isabelle nicht nur Zoe, sondern jeden ihrer Mitschüler in den Schatten. Der Einzige, der ihr auf der Reitbahn und beim Umgang mit Pferden das Wasser reichen konnte, war Cyprian.

Wo steckte er eigentlich? Zoe hatte von den anderen gehört, dass er ebenfalls an der Gala teilnehmen wollte. Aber die Probe war jetzt zu Ende und er war nicht erschienen.

„Weißt du, wieso Cyprian nicht reitet?", wisperte sie Cathy zu.

Cathy zuckte mit den Schultern. „Warum fragst du mich das? Du bist doch die große Cyprian-Expertin."

Die große Cyprian-Expertin. Schön wär's, dachte Zoe. Sie kannte Cyprian um einiges besser als Cathy, das stimmte, aber mit seiner schweigsamen Art gab er ihr ständig Rätsel auf.

Ob er die Probe hatte ausfallen lassen, weil er krank war? Hoffentlich nicht, dachte sie. Heute war Freitag und am Wochenende trafen Cyprian und Zoe sich immer in aller Frühe zum Ausreiten. Bevor die anderen Schüler überhaupt aus den Federn gekrochen waren, hatten sie schon ihre Pferde gesattelt und galoppierten am See entlang oder durch den Wald.

Für Zoe waren diese Ausritte das Highlight der Woche, sie hätte sie niemals abgesagt. Sie war sich nicht ganz sicher, was die gemeinsame Zeit für Cyprian bedeutete, ob er sich darauf freute oder eher aus Gewohnheit mit Zoe ausritt. Auf jeden Fall hatte er sie noch nie versetzt.

Sie zog ihr Handy aus der Tasche und checkte ihre Nachrichten. Cyprian hatte sich nicht gemeldet. Erleichtert schob sie es zurück in die Jeans.

„Ich frag ihn morgen mal, warum er nicht dabei war", flüsterte sie Cathy zu.

Zoe war noch vor dem Weckerklingeln wach. Als sie aus dem Bett stieg und in ihre Reithose schlüpfte, fiel ihr Blick aufs Nachbarbett, in dem Cathy schlief. Nur ein paar Strähnen ihrer pink gefärbten Haare ragten unter der Decke hervor. Im Bett über ihr schnarchte Drew und über Zoe lag Haruko. Es war sechs Uhr am Samstagmorgen, keine von Zoes Zimmergenossinnen dachte jetzt schon ans Aufstehen.

Zoe warf einen schnellen Blick aus dem Fenster und verzog das Gesicht. Es war, als hätte ein Riese seine nasse Bettwäsche über das Schloss gehängt. Ein dichter grauer Nebel verdeckte die Sicht auf die Wiesen und den See. Hoffentlich löste er sich schnell auf.

Aber als sie die kleine Steinbrücke überquerte, die über den Burggraben führte, schien sich der Dunst noch stärker zusammenzuziehen. Wie durch einen weißen Tunnel lief sie den Weg zur großen Koppel hinunter. Man konnte gerade noch die Baumstämme und die unteren Zweige der Büsche sehen, die direkt am Weg standen. Der Rest löste sich im Nebel auf.

Zoe hätte keine Chance gehabt, Shaman in dieser grauen Suppe zu finden, die Pferdeweide war nämlich riesig. Aber als sie an das hohe Gatter trat, das die Koppel umgab, wartete der schwarze Hengst schon auf sie. Es war wie an jenem Morgen vor über einem Jahr, als Zoe zum ersten Mal nach Snowfields gekommen war. Auch da hatte dichter Nebel über den Wiesen gelegen und plötzlich war Shaman vor ihr aufgetaucht. Und hatte ihr beim Flötespielen zugehört.

Heute stand Chenoa neben Shaman, Isabelles weiße Stute. Sie wich nie von Shamans Seite und schnaubte unglücklich, als Zoe über den Zaun kletterte und Shaman ein Halfter umlegte.

„Ich bring ihn dir ja wieder, Chenoa", sagte Zoe.

Shaman rieb seinen Kopf an Zoes Schulter. Sie spürte die Wärme, die der Mustang verströmte, und sog seinen herben, würzigen Geruch ein. So duftete das Glück.

„Galoppieren können wir heute vergessen", sagte sie, während sie Shaman nach oben zum Sattelplatz führte. „In dem Nebel ist das viel zu gefährlich."

„Ich glaub, wir können den kompletten Ausritt vergessen", erklärte eine Jungenstimme hinter ihr.

Zoe fuhr herum und sah einen hellbraunen Pferdekopf aus dem Gewaber auftauchen. Gefolgt von einem hochgewachsenen Jungen mit dunklen Haaren.

Cyprian war wie immer von Kopf bis Fuß schwarz gekleidet. Nur seine Augen leuchteten in einem fast unnatürlichen Blau.

„Willst du etwa kneifen?", fragte Zoe und spürte das vertraute Prickeln in ihrem ganzen Körper. Als ob in ihrem Magen eine Mineralwasserflasche explodiert wäre.

„Du kennst die Regel", sagte Cyprian. „Keine Ausritte bei einer Sichtweite unter einem Meter. Wenn ich mich nicht an die Vorschriften halte, bin ich meinen Job los."

Als einer der wenigen Schüler in der Snowfields Academy besaß Cyprian kein eigenes Pferd. Und er hatte auch keine reichen Eltern, die ihm die Schulgebühren bezahlten. Seine Mutter war tot und zu seinem Vater hatte er keinen Kontakt mehr. Caleb hatte dafür gesorgt, dass Cyprian dennoch in Snowfields aufgenommen worden war. Er verdiente sich das Schulgeld, indem er die Schulpferde bewegte und bei der Pferdepflege mithalf.

„Wen haben wir denn da?", fragte Zoe und trat zu dem hellbraunen Quarterhorse, das Cyprian am Halfter führte. „Dich kenn ich ja noch gar nicht."

Cyprian lächelte. „Darf ich vorstellen? Das ist Adele. Sie ist erst seit letzter Woche bei uns und ich war noch nie mit ihr im Gelände. Noch ein Grund, warum ich nicht in diese Suppe reinreiten möchte."

„Kann ich verstehen." Zoe seufzte. „Und was machen wir stattdessen? Verstecken spielen?"

„Wir könnten in die kleine Reithalle gehen. Ich muss meine Nummer für die Gala noch proben und du könntest mir sagen, wie du sie findest. Wenn es dir nichts ausmacht."

„Gerne!" Zoe war begeistert. „Ich hab mich gestern Abend schon gefragt, wo du steckst."

„Meine Nummer war noch nicht so weit", sagte Cyprian. „Ehrlich gesagt, probe ich sie heute Morgen zum ersten Mal."

„Na, du bist mutig", fand Zoe. „Du hast noch eine knappe Woche bis zur Gala. Und wieso willst du ausgerechnet auf Adele reiten? Du kennst sie doch noch gar nicht."

„Das wirst du gleich sehen."

„Da bin ich aber gespannt." Zoe streichelte Shamans Hals. „Soll ich Shaman wieder zurück auf die Koppel bringen?"

„Nee, nimm ihn mit in die Halle. Wenn ich fertig bin, kannst du noch ein bisschen springen. Das haben wir lange nicht mehr gemacht."

*A*m Anfang hatten sie auch ihn jeden Morgen aus der Box gezerrt. Sie hatten ihm ein Gebiss ins Maul gedrückt, eine Kette durch die Lippen gezwängt, Zügel angelegt und eine Haube über seinen Kopf gezogen, sodass er nur noch nach vorn schauen konnte. Dann war einer von ihnen auf seinen Rücken gestiegen.

Er trottete aus dem Stall, hinter den anderen Pferden her, die ihren Willen längst aufgegeben hatten. Wer stehen blieb, wer ausscherte, wer sich widersetzte, dem bohrten sie die Sporen in die Seite, der bekam die Peitsche zu spüren, dem rissen sie den Kopf nach hinten, sodass sich die scharfe Trense tief ins Fleisch bohrte.

Jeden Morgen trieben sie sie zur Rennbahn. Sie waren keine Herde, sie gehörten nicht zusammen und sie konnten sich auch nicht verständigen.

Zuerst gingen sie im Schritt, dann mussten sie galop-
pieren. Ihre Hufe dröhnten auf dem Boden, die Luft war
erfüllt von ihrem Schnauben und Stöhnen und stank
nach ihrem Schweiß.

Sie rannten über die Sandbahn, an den weiten grünen
Wiesen vorbei, die sie nie betreten hatten und niemals
betreten würden. Mit jedem Morgen fiel er weiter hin-
ter die anderen zurück. Sie schrien ihn an, sie peitschten
und traten ihn, er wurde dennoch immer langsamer.
Seine Kraft rann langsam aus ihm heraus, genau wie
sein Wille.

Cyprian überraschte Zoe immer wieder von Neuem. Er hatte für die Show eine Kür im Westernreiten zusammengestellt.

Diese Reitweise wurde in der Snowfields Academy nicht unterrichtet, hier wurden die Schüler nur auf Turniere im englischen Reitstil vorbereitet.

Zoe wusste, dass die Pferde beim Westernreiten viel stärker die Kontrolle übernahmen, während sie beim englischen Stil ständig an den Hilfen des Reiters standen. Aber damit war ihr Wissen auch schon erschöpft.

Cyprian hatte Adele einen Westernsattel aufgelegt, nun saß er locker auf ihrem Rücken, hielt die Zügel in einer Hand und ließ Adele am losen Zügel laufen. Die Stute galoppierte in Kreisen und Schlangenlinien über die Reitbahn, danach brachte Cyprian sie sogar zu einem Spin, bei dem sich Adele in großer Geschwindigkeit um die eigene Achse drehte. Den Abschluss der Nummer bildete ein spektakulärer Sliding Stop: Innerhalb weniger Meter kam die Stute aus dem vollen Galopp in den Stand.

„Wow!" Zoe applaudierte begeistert. „Wo hast du das denn gelernt? Das ist ja fantastisch!"

„Ich hab mit Westernreiten angefangen", erklärte Cyprian, während er aus dem Sattel sprang. „Und bin erst später auf Englisch umgestiegen. Irgendwie hab ich den Westernstil wohl noch im Blut."

„Allerdings! Ich versteh ja nun nicht viel davon, aber für mich sah das Ganze super aus."

„Adele ist ein ausgebildetes Westernpferd." Cyprian tätschelte den vor Schweiß glänzenden Hals der Stute. „Mrs. Fitzgerald hat sie gekauft, weil sie im nächsten Schuljahr einen Workshop im Westernstil anbieten will. Und da dachte ich mir, ich stell Adele auf dem Sommerfest mal allen vor. Sie ist toll, oder?"

„Absolut", sagte Zoe. „Wird Mrs. Fitzgerald den Workshop unterrichten? Ich wusste gar nicht, dass sie Westernreiten kann."

„Kann sie auch nicht", sagte Cyprian. „Ich soll den Kurs leiten. Ich werde die Sommerferien dazu nutzen, mir alles noch mal richtig ins Gedächtnis zu rufen."

„Kann man sich jetzt schon dafür anmelden?", fragte Zoe. „Also, ich will auf jeden Fall mitmachen."

„Es ist noch gar nicht ganz sicher, ob der Workshop überhaupt stattfindet. Mrs. de Cesco ist total dagegen. Sie findet es unmöglich, dass wir unser klassisches Schulprofil *verwässern*, wie sie es ausdrückt."

Zoe grinste. „Gib's zu, das ist der wahre Grund, warum du bei der Gala mitmachst. Du willst Mrs. de Cesco ärgern."

Cyprian lächelte sein schiefes Lächeln. „Was du immer denkst. Aber jetzt mal zu dir. Was ist, zeigst du mir ein paar Sprünge?"

„Willst du deine Nummer nicht noch einmal durchgehen?"

„Ach was. Adele macht das schon." Er klopfte die Flanken der Stute. „Und ich hab ja noch sechs Tage Zeit."

Zum Aufwärmen ließ Cyprian Zoe über ein paar Stangen und Cavalettis traben, die er auf der Reitbahn verteilt hatte. Während Shaman die niedrigen Hindernisse überwand, spürte Zoe seine Ungeduld und die geballte Kraft, die in ihm steckte. Er wartete nur auf das Signal, das Tempo zu beschleunigen. Er wollte richtige Hindernisse.

Aber Cyprian nahm sich wie immer viel Zeit für die

Vorbereitung. Er ließ Zoe mehrmals anhalten, korrigierte ihre Haltung, ihren Sitz, ihre Fußstellung.

„Komm schon, Cyprian!", stöhnte sie schließlich. „Lass uns endlich loslegen."

„Sei nicht so ungeduldig." Er zog die Brauen hoch. „Du weißt doch, wenn die Basics stimmen ..."

„... dann kommt der Rest von ganz allein", vervollständigte Zoe seinen Satz. „Aber wenn du so weitermachst, kommt nur das Frühstück. Es ist gleich halb acht."

Er seufzte. „Also gut. Meinetwegen."

Sie holten acht Ständer aus dem Materialraum, die sie auf der Reitbahn verteilten und dann mit Stangen versahen. Zoe wollte noch einen Oxer dazustellen, doch Cyprian war natürlich dagegen.

„Die einfachen Hindernisse reichen für heute Morgen", sagte er.

Shamans konzentrierte Energie schien in Zoe hineinzufließen, als sie sich wieder auf seinen Rücken schwang. Der Rappe tänzelte vor Nervosität und Vorfreude. Sie parierte ihn durch, zwang ihn und sich selbst innezuhalten, durchzuatmen, dann brachte sie ihn in einen schwungvollen Galopp.

Sie umrundeten einmal die Reitbahn, danach steuerte sie das erste Hindernis an. Shaman stieß sich vom Boden ab und flog in einem weiten Bogen über die Stange hinweg. Die Landung war sanft und weich, er galoppierte weiter, auf das nächste Hindernis zu. Der Sprung hatte ihn nicht die geringste Mühe gekostet.

„Wahnsinn." Cyprian schüttelte den Kopf, als Zoe den Hengst vor ihm zum Stehen brachte und aus dem Sattel glitt. „Shaman ist unglaublich. Bei einem Turnier würde er sämtliche Medaillen abräumen. Und du auch."

„Ich?" Zoe lachte belustigt auf.

Aber Cyprian verzog keine Miene. „Du bist echt gut geworden", sagte er, während er die Hindernisse wieder abzubauen begann. „Wenn man bedenkt, dass du erst seit einem Jahr reitest ..." Er unterbrach sich und schüttelte den Kopf.

„Das ist doch Quatsch." Zoe verfrachtete eine Stange in eine der Wandhalterungen im Materialraum. „Jeder ist gut, wenn er auf einem Pferd wie Shaman sitzt. Ich hab nur das Glück, dass er keinen außer mir auf seinen Rücken lässt."

„Unsinn, Zoe! Natürlich ist Shaman gut. Aber du hast es ebenfalls drauf. Ihr passt perfekt zusammen. Das gibt es nur sehr selten, dass Pferd und Reiter so harmonieren. Ihr beiden könntet es bis ganz nach oben schaffen, da bin ich mir sicher."

Zoe spürte eine Welle von Stolz und Freude in sich hochsteigen. Aber genauso schnell, wie sie aufgekommen war, verebbte sie auch wieder. Und ließ ein Gefühl der Leere zurück.

„Weißt du, wer das zuletzt zu mir gesagt hat? Dass ich es bis ganz nach oben schaffen kann?", fragte sie leise.

Cyprian runzelte die Stirn. „Wer?"

„Mrs. de Cesco. Mit mir gewinnst du, hat sie mir versprochen. Und dann hat sie mich fast vernichtet."

Nun bildete sich eine steile Falte über Cyprians Nasenwurzel. „Vergleichst du mich jetzt mit Mrs. de Cesco?"

„Nein", sagte Zoe. „Ich wollte dich nur daran erinnern, was damals passiert ist. Mein verdammter Ehrgeiz hätte mich und Shaman beinahe auseinandergerissen."

Cyprian nickte und wieder einmal hatte Zoe keine Ahnung, was in ihm vorging.

„Außerdem war ich schon mal an der Spitze", fuhr Zoe fort. „Mit meiner Querflöte. Es hat mir nicht gefallen."

Die nächste Woche stand ganz im Zeichen des Sommerfests. Am Montag reisten die ersten Gäste an. Während ihres Aufenthalts wurden sie in dem großen Gästehaus untergebracht, das am Rand des Schulgeländes lag.

Zoes Eltern trafen erst am Freitagnachmittag in Snowfields ein. Sie kamen mit dem Shuttle-Bus vom Flughafen in Whitehorse, der für die Strecke durch die Wälder fast zwei Stunden brauchte. Um sie in Empfang zu nehmen, ging Zoe nach unten auf den Parkplatz vor dem Schloss, auf dem bereits eine Menge anderer Schüler warteten. Cathys knallpinkes Haar leuchtete ihr schon von Weitem entgegen.

„Was machst du denn hier?", fragte Zoe überrascht.

„Dreimal darfst du raten", sagte Cathy, aber bevor Zoe irgendetwas entgegnen konnte, fuhr sie fort: „Meine Mom kommt auch."

„Echt?" Seit Cathy in Snowfields war, hatten ihre Eltern sie noch nie besucht. Zoe wusste, dass Cathys Mom und Dad getrennt waren und dass ihr Verhältnis zu beiden mehr als schwierig war. Mit zwölf Jahren war ihre Freundin sogar von zu Hause abgehauen und hatte eine Weile auf der Straße gelebt.

„Caleb sagt, dass es Zeit für eine Versöhnung ist." Cathy verzog das Gesicht. „Er kennt meine Mom ja ganz gut und meint, dass es ihr … nicht so gut geht. Na ja, sie hat sich auf jeden Fall riesig gefreut, als ich sie eingeladen habe."

„Das kann ich mir vorstellen. Wie lange habt ihr euch denn nicht mehr gesehen?"

„Seit Weihnachten. Da bin ich nach Hause geflogen, aber ich war eigentlich die ganze Zeit bei Freunden. Mom und ich kriegen uns ziemlich schnell in die Haare."

„Hoffentlich nicht heute", sagte Zoe. „Also, ich freu mich darauf, sie kennenzulernen."

Wieder zog Cathy eine Grimasse. Sie war ziemlich nervös, das sah man ihr an. Aber nun tauchte der Shuttle-Bus am Waldrand auf und steuerte aufs Schloss zu.

Ein paar Schüler begannen zu jubeln und zu klatschen, ein Mädchen mit wilden Afro-Locken brach sogar in Tränen aus. Die Snowfields Academy lag so abgelegen, dass die Schüler während des Schuljahres kaum Gelegenheit hatten, nach Hause zu fahren. Umso größer war die Sehnsucht der meisten nach ihren Eltern.

Auch Zoe wurde ganz heiß vor Freude, als sie zuerst ihre Mutter und dann ihren Vater aus dem Bus steigen sah. Sie bahnte sich einen Weg durch die Wartenden, auf ihre Eltern zu.

Als sie ihrer Mutter um den Hals fiel, spürte sie deren Anspannung.

„Alles okay, Mom?", fragte Zoe, nachdem sie sich wieder aus ihrer Umarmung gelöst hatten.

„Diese Busfahrt hierher ist mörderisch." Irmhild

Sullivan lächelte leicht gequält. „Aber abgesehen davon geht es mir bestens."

„Ach, du Arme."

Zoe wusste ganz genau, dass es nicht die Busfahrt war, die ihrer Mom so zugesetzt hatte. Irmhild Sullivan und Zoe waren früher gemeinsam um die halbe Welt gereist, von einem Kontinent zum nächsten, von einer Zeitzone in die andere. Sie waren Businessclass geflogen und hatten immer in den besten Hotels übernachtet. Dennoch waren die Konzertreisen alles andere als erholsam gewesen. Trotzdem hatte Irmhild Sullivan sich niemals beklagt. „Ich weiß ja, wofür ich es tue", hatte sie immer gesagt.

Damals war Zoe ein Weltstar gewesen. Dass sie so berühmt geworden war, verdankte sie nicht zuletzt ihrer Mutter. Irmhild Sullivan war ebenfalls Musikerin. Sie hatte es als Sologeigerin weit gebracht, doch nach der Geburt ihrer Tochter hatte sie sich dazu entschieden, ihre eigene Karriere auf Eis zu legen, um sich ganz um Zoe kümmern zu können. Und Zoe hatte sie nicht enttäuscht. Sie hatte mit fünf Jahren angefangen, Blockflöte zu spielen. Zwei Jahre später hatte sie ihre erste Querflöte bekommen, obwohl ihre Finger eigentlich noch zu kurz dafür waren. Aber sie hatte so lange gequengelt, bis ihre Eltern nachgegeben hatten.

Am Anfang hatte sie jeden Tag eine Stunde auf ihrem Instrument geübt. Später waren drei, vier, fünf Stunden daraus geworden, am Wochenende sieben. Zoe hatte die Flöte mit in den Urlaub genommen, ins Schullandheim und auf Pfadfinderfreizeiten.

Es war nicht so, dass ihre Mutter sie ständig antrieb oder gar zu irgendetwas zwang. Zoes Begeisterung für die Musik, ihr Wille zur Perfektion, ihr Ehrgeiz – das alles kam aus ihr selbst heraus. Sie genoss die Reisen, den Ruhm, sogar den Druck.

Sie wollte das alles, bis sie es nicht mehr wollte.

Weil sie Shaman getroffen und gespürt hatte, wie reich und aufregend und grenzenlos ihr Leben sein konnte.

Ihre Mutter war unendlich enttäuscht gewesen, als sie begriffen hatte, dass Zoe die Musik aufgeben wollte, um in der Einsamkeit der Wälder ein Leben als Pferdeflüsterin zu beginnen. Bis heute hoffte sie darauf, dass Zoe sich besinnen könnte – um endlich wieder zu ihrer Flöte zu greifen, die in Vancouver in einem Safe lagerte.

Noch war es nicht zu spät. Aber je länger Zoe wartete, desto schwerer wäre es, an die vergangenen Erfolge anzuknüpfen.

„Lass dich drücken, meine Tochter!" Ihr Vater breitete jetzt seine Arme aus und schlang sie um Zoe. Er hob sie in die Höhe, küsste sie, dann schob er sie ein Stück von sich weg.

„Lass dich anschauen." Er musterte sie kritisch. „Augen, Mund, Ohren, Haare. Alles wie immer. Puh!"

„Was hast du denn erwartet?", fragte Zoe.

„Ich hatte Angst, dass du dich langsam in ein Pferd verwandelst", erklärte ihr Dad.

Zoe kicherte. Ihre Mutter lächelte gequält.

„Ich schlage vor, wir bringen erst mal eure Sachen aufs Zimmer", sagte Zoe. „Seid ihr hungrig?"

„Wirklich nicht. Mir ist eher schlecht nach der Schaukelei im Bus", erklärte Irmhild Sullivan.

„Dann können wir ja gleich einen Spaziergang um den See machen. Jetzt ist es nicht mehr so heiß, da ist es herrlich dort unten."

Zoe hatte eigentlich vorgehabt, Shaman auf den Spaziergang mitzunehmen. Dem Mustang hätte die Bewegung gut getan, Zoe war in der Woche kaum zum Reiten gekommen. Auch wenn sie nicht bei der Galavorstellung mitmachte, hatten die Vorbereitungen für das Fest sie ganz in Beschlag genommen. Aber ihr Gefühl sagte ihr, dass es ihrer Mutter lieber wäre, wenn sie den Spaziergang ohne Pferd machten.

Shaman würde in den nächsten Wochen sowieso ohne sie auskommen müssen, dachte Zoe, während sie ihre Eltern zum Gästehaus begleitete. Die Vorstellung, dass sie ihn ab morgen acht Wochen lang nicht sehen würde, quetschte ihr Herz zusammen. Wie sollte sie das bloß aushalten?

Shaman würde während ihrer Abwesenheit nicht geritten werden, er akzeptierte ja nicht einmal seinen Besitzer Caleb auf seinem Rücken.

„Was erwartet uns denn heute Abend?", fragte Irmhild Sullivan, als sie kurz danach am Seeufer entlangwanderten. Die Sonne gab sich alle Mühe, die Snowfields Academy für die Besucher ins rechte Licht zu rücken. Warm und golden schien sie auf die weißen Mauern. Dahinter leuchteten die schneebedeckten Berggipfel, die der Schule ihren Namen gegeben hatten. „Ist es wieder wie bei eurem Winterfest?"

„So ähnlich. Zuerst gibt es eine Reitvorführung in der Halle, danach wird im Innenhof gegrillt. Später spielt dann auch noch eine Band. Ich glaub, es wird richtig cool."

„Na, da bin ich gespannt", erklärte ihr Vater.

„Und was wirst du heute Abend zeigen?", fragte ihre Mom.

„Bei der Vorstellung mach ich diesmal nicht mit", sagte Zoe. „Ehrlich gesagt, steckt mir der Schock von Weihnachten noch in den Knochen."

Damals hatte Shaman mitten in der Vorführung die Nerven verloren. Wenn Zoe nicht im letzten Moment abgesprungen wäre, hätte er sie abgeworfen und womöglich schwer verletzt.

„Eine kluge Entscheidung", fand ihr Dad. „So was wie damals will ich nie mehr erleben. Ich bin fast gestorben vor Schreck. Dass du dir auch ausgerechnet das größte und gefährlichste Pferd aussuchen musstest!"

„Shaman ist doch nicht gefährlich!" Zoe lachte. Dann wurde sie wieder ernst. „Es war allein meine Schuld. Ich hab ihn total überfordert."

„Wie dem auch sei." Ihr Vater zuckte mit den Schultern. „Ich bin froh, wenn wir heute Abend keine derartige Überraschung erleben müssen."

Irmhild Sullivan sagte nichts. Ihr Blick war auf den See gerichtet, auf die sanften Wellen, die im Sonnenlicht glitzerten. Ihr Gesicht war ruhig und unbewegt, aber Zoe kannte ihre Mutter gut genug, um zu wissen, dass sie enttäuscht war. Wenn Zoe schon nicht mehr in den internationalen Konzerthäusern im Scheinwerferlicht stand, dann sollte sie wenigstens beim Reiten brillieren. Dass die Galavorstellung ohne ihre Tochter stattfinden würde, passte ihr jedenfalls gar nicht.

Zoe fühlte plötzlich ein seltsames Ziehen in ihrem

Bauch und hatte ein Kribbeln in der Brust, das sie schon lang nicht mehr gespürt hatte.

Du könntest es bis ganz nach oben schaffen, hörte sie Cyprian wieder sagen.

Auf einmal tat es ihr leid, dass sie bei der Vorstellung nicht mitmachte.

„Also, wenn ich das hier so sehe, würde ich am liebsten auch mit dem Reiten beginnen." Mit einer Kopfbewegung deutete Roger Deventer auf die zwei Reiter, die soeben über die Wiese in Richtung Wald galoppierten. Ein Mädchen mit seidigem langen Haar auf einer schneeweißen Stute, gefolgt von einem jungen Mann auf einem Fuchs-Wallach.

„Das ist meine Freundin Isabelle mit ihrem Bruder Patrice." Zoe winkte den beiden zu, die sie allerdings nicht bemerkten, sie hatten sich schon zu weit entfernt. Wahnsinn, wie sicher Patrice im Sattel saß. Nach einem Unfall war sein rechtes Bein unterhalb des Knies amputiert worden, er trug eine Prothese. Aber das hinderte ihn offensichtlich nicht daran, seine Schwester bei ihrem wilden Ausritt zu begleiten.

„Isabelle ist die Beste in unserer Klasse. Das werdet ihr heute Abend sehen."

„Ich kann's kaum erwarten", sagte ihr Dad.

Irmhild Sullivan blickte immer noch auf den See, so

angestrengt, als suchte sie dort etwas. Ihre Tochter, auf die sie einmal so stolz gewesen war.

Aber diese Tochter gibt es nicht mehr, dachte Zoe.

Die große Reithalle war zum Bersten voll. Die Besucher drängten sich auf den Bänken, die die Reitbahn kreisförmig umgaben. An den Rändern der Treppe saßen die jüngeren Schüler auf dem Boden. Alle hatten sich schick gemacht, viele der weiblichen Gäste trugen lange Kleider, die Männer Anzüge.

Zoe hatte das hellgrüne Kleid mit den Spaghettiträgern angezogen, das sie bei einem ihrer letzten Flötenkonzerte getragen hatte. In Miami – oder war es Cincinatti gewesen?

Sie saß zwischen ihrer Mutter und Cathy, zu deren anderer Seite Mrs. Summerville Platz genommen hatte.

Cathys Mom war ganz anders, als Zoe sie sich vorgestellt hatte. Sie hatte eine unauffällige, ein bisschen spießige Frau erwartet, aber Cathys Mutter zog alle Blicke auf sich. Sie war sehr hübsch, genau wie ihre Tochter, die allerdings ihr Möglichstes gab, um das zu verbergen. Mrs. Summerville hatte ihre braunen Haare hochgesteckt und trug ein langes violettes Abendkleid, das ihre schlanken, über und über tätowierten Oberarme zeigte.

„Deine Mom sieht ja total cool aus", wisperte Zoe Cathy zu.

„Findest du?" Cathy zog skeptisch die Brauen hoch. Aber Zoes Bemerkung freute sie, das konnte sie nicht verbergen.

Den Programmauftakt bildete der Reitertango, der diesmal super klappte. Die Zehntklässlerinnen hatten offensichtlich hart geübt, ihre Pferde bewegten sich so geschmeidig und elegant zur Musik, als hätten sie den Tango im Blut.

Danach kam die Voltigiershow von Alejandra, Drew und Haruko, die ebenfalls reibungslos ablief und viel Applaus bekam. Nun wäre eigentlich Cyprian mit seiner Westernnummer an der Reihe gewesen, aber stattdessen galoppierten Syd Okafor und Marcos Snyder mit ihren Garroches in die Halle.

„Was ist denn jetzt los?", fragte Zoe überrascht. „Haben die das Programm noch mal umgestellt?"

„Keine Ahnung." Cathy zuckte mit den Schultern.

Zoes Augen suchten die Bänke nach ihrem Klassenkameraden ab, aber er war nirgends zu sehen. Ihr Blick fiel auf Mrs. de Cesco, die in der ersten Reihe saß. Die stellvertretende Direktorin trug kein Abendkleid, sondern einen eleganten dunklen Hosenanzug. Ihr silberblondes Haar war wie immer straff nach hinten gekämmt und zu einem Zopf gebunden. Sie verfolgte Syds und Marcos Nummer mit einem schmalen Lächeln. Das war ungewöhnlich, normalerweise zeigte ihr Gesicht keine Regung.

Cyprians Auftritt war offensichtlich ersatzlos gestrichen worden, er trat auch nach der Garroche-Nummer nicht auf.

„Das hat bestimmt Mrs. de Cesco durchgedrückt", raunte Cathy ihr zu. „Hast du ihr Gesicht bei der Generalprobe heute Morgen gesehen, als Cyprian geritten ist? Die hat sicher Himmel und Hölle in Bewegung gesetzt, um ihn aus dem Programm zu kicken."

Natürlich war Zoe nicht entgangen, wie erbost Ellen de Cesco gewesen war, als Cyprian seine Kür vorgeführt hatte. Als die Zuschauer in lauten Jubel ausbrachen, hatte sie angewidert die Halle verlassen.

„Aber Cyprian hatte den Auftritt doch vorher mit Mrs. Fitzgerald abgesprochen", erwiderte sie. „Und die ist immerhin Mrs. de Cescos Vorgesetzte."

„Wahrscheinlich ist Mrs. Fitzgerald eingeknickt, weil die de Cesco so ausgerastet ist", mutmaßte Cathy. „Hat Cyprian denn nichts erzählt?"

Zoe schüttelte den Kopf. Sie hatte Cyprian nach der Generalprobe gar nicht mehr gesehen. Wieder blickte sie sich nach ihm um. Aber sie fand ihn nirgends.

Der Rest der Gala verlief programmgemäß, alle Vorführungen klappten super. Selbst Zoes Mutter war beeindruckt. Irmhild Sullivan wusste Professionalität und Leistung zu schätzen, auch wenn es nicht um Musik ging.

Dann kam die letzte Nummer. Isabelle auf Chenoa.

Als Zoes Freundin auf der schneeweißen Stute in die Reithalle trabte, ging ein Raunen durch den Zuschauerraum, und während der nächsten Minuten war es so still, dass man eine Stecknadel hätte fallen hören können. Isabelle trug ein weißes Kleid. Das Oberteil war mit glitzernden Pailletten besetzt, der lange, weite Rock fiel sanft über Chenoas Kruppe und begann weich zu schwingen, als die Stute ihr Tempo beschleunigte.

„Alle Achtung", hörte Zoe ihre Mutter murmeln. Obwohl sie keine Ahnung vom Dressurreiten hatte, erkannte auch sie, wie gut Isabelle war.

In der Halle brandete frenetischer Applaus auf.

Einige der Zuschauer erhoben sich sogar von ihren Plätzen, als Isabelle schließlich aus dem Sattel sprang, um sich gemeinsam mit Chenoa zu verbeugen.

Zoe musste an ihre Auftritte in ausverkauften Konzerthäusern denken, bei denen sie genauso begeistert bejubelt worden war. Ihr letzter Auftritt lag gerade mal ein Jahr zurück – und dennoch war alles so unglaublich weit weg.

Vermisste sie den Jubel, den Ruhm, die Bewunderung ihres Publikums? Ein wenig, das musste sie sich in diesem Moment eingestehen. Aber es war vorbei, ein für alle Mal. Sie würde nicht mehr auftreten, weder mit der Querflöte noch mit Shaman. Ihr Leben war jetzt so viel reicher und befriedigender, auch wenn ihre Mutter das anders sah.

Nachdem Isabelle die Halle verlassen hatte, bat Mrs. Fitzgerald alle Beteiligten zu einem großen Finale auf den Reitplatz. Auch Zoe und Cathy mussten jetzt nach unten, sie hatten schließlich beim Aufbau und der Organisation mitgeholfen.

In dem Gedränge fand sich Zoe plötzlich neben Caleb Cole wieder. Ihr Klassenlehrer war wie immer ganz in Schwarz gekleidet, seine langen Haare hatte er zu einem Zopf gebunden, darüber trug er einen Cowboyhut.

Caleb mochte keine öffentlichen Auftritte und Menschenmassen waren ihm zuwider. Wie ein nervöses Pferd trat er von einem Fuß auf den anderen, während sein Blick unentwegt durch die Halle glitt, als suchte er nach einem Fluchtweg.

„Was ist mit Cyprian?", raunte Zoe ihm zu, nachdem sie sich alle gemeinsam verbeugt hatten. „Warum ist er nicht aufgetreten?"

„Es geht ihm nicht so gut", erklärte Caleb, ohne die Augen vom Publikum zu wenden. „Magen-Darm oder so was."

„Der Arme", flüsterte Zoe.

„Vielleicht schaust du mal nach ihm."

„Das mach ich."

Caleb nickte. „Nichts wie raus hier."

Und dann steuerte er als Erster auf den Ausgang zu.

Zoe hätte ihr Versprechen am liebsten sofort in die Tat umgesetzt und nach Cyprian gesehen, aber sie konnte ihre Eltern jetzt nicht allein lassen.

Erst nachdem sie alle gegessen und die Musiker auf der Bühne ihre Instrumente ausgepackt hatten, konnte Zoe sich abseilen. Sie rannte nach oben ins Internat, zu den Schlafsälen der Jungen. Cyprian teilte sich ein Viererzimmer mit Matthew, Joel und Max Conelly.

Der Raum lag im ersten Stock, am Ende des Korridors. Zoe klopfte an und bekam keine Antwort. Als sie die Tür öffnete, sah sie, dass die Betten leer waren. Cyprian war nicht da.

Im Innenhof fragte Zoe ein paar Klassenkameraden nach Cyprian, aber niemand hatte ihn gesehen. Ihre Eltern waren inzwischen auf der Tanzfläche. Zoes Dad tanzte mit Cathys Mutter und ihre Mom mit Isabelles Vater. Perfekt.

Cathy und Isabelle, die sich umgezogen hatte und jetzt ein dunkelblaues Minikleid trug, saßen auf einer Bierbank und sahen ihren Eltern beim Tanzen zu.

„Wo warst du denn?", rief Cathy Zoe zu. „Wir warten die ganze Zeit auf dich."

„Ich bin gleich bei euch!", rief Zoe. „Ich muss nur noch mal schnell zu Caleb!"

Wahrscheinlich war Cyprian dort. Caleb und er teilten die Abneigung für Lärm und Menschenmassen, bestimmt saßen sie vor Calebs Haus am Lagerfeuer.

Aber als Zoe an dem kleinen Blockhaus am Rand des Schulgeländes ankam, saß Caleb allein an der Feuerstelle und las.

Auch er hatte Cyprian nicht gesehen.

„Wenn er nicht auf seinem Zimmer ist, ist er bestimmt wieder fit", erklärte er. „Mach dir keine Sorgen."

„Mach ich ja gar nicht", sagte Zoe, doch das war eine Lüge. Sie spürte ganz genau, dass etwas nicht stimmte. Cyprian war nicht krank gewesen, er hatte seinen Auftritt aus einem anderen Grund abgesagt.

Wo zum Teufel konnte er sein?

Zoe selbst ging immer zu Shaman, wenn sie traurig oder aufgewühlt war. Sie holte ihn von der Weide und ritt eine Runde durch den Wald oder ging mit ihm spazieren.

Aber Cyprian hatte kein eigenes Pferd in Snowfields und außerdem war es inzwischen dunkel.

Plötzlich fiel Zoe die Bank hinter den Überresten des alten Stalles wieder ein. Sie lag so versteckt hinter Brombeerhecken und Brennnesselstauden, dass man sie nur fand, wenn man den Trampelpfad kannte, der durch das Gestrüpp führte.

Zoe zog sich oft dorthin zurück, wenn sie ungestört sein wollte. Und sie hatte Cyprian den Ort vor ein paar Wochen gezeigt, als sie in Ruhe für die Matheprüfung lernen wollten.

Es war unwahrscheinlich, dass er ausgerechnet dort war. Aber sie beschloss, trotzdem kurz nachzuschauen. Vielleicht hatte sie ja Glück.

Cyprian saß auf der moosbewachsenen Bank, die Beine an den Körper gezogen, die Arme auf die Knie gestützt. Er hatte Kopfhörer auf den Ohren und hörte Zoe nicht kommen. Erst als sie direkt vor ihm stand, fuhr er erschrocken zusammen.

„Hier steckst du!", rief Zoe, während er die Kopfhörer von den Ohren nahm und sie irritiert ansah. „Ich hab dich überall gesucht."

„Was gibt's?", fragte Cyprian.

„Das wollte ich dich fragen! Warum bist du nicht aufgetreten? Und wieso versteckst du dich hier? Ist was passiert?"

Cyprian runzelte die Stirn.

„Mir geht's nicht so gut", sagte er widerwillig.

„Warum nicht?", fragte Zoe.

„Ist eben so." Cyprian starrte an ihr vorbei in die Dunkelheit.

Zoe spürte, wie sich ihre Besorgnis in Ärger verwandelte. Verdammt, wieso redete Cyprian nicht mit ihr? Er behandelte sie so, als würde er sie kaum kennen.

„Hat Mrs. de Cesco deine Nummer aus dem Programm geschmissen?", fragte sie.

Nun sah er sie doch an. Er wirkte irritiert, als hätte er keine Ahnung, wovon sie sprach. „Was?", fragte er.

„Ach, dieser Auftritt … Nein, Mrs. de Cesco hat nichts

damit zu tun. Mir war nicht gut, deshalb hab ich das Ganze abgesagt."

„Dir war nicht gut", wiederholte Zoe und ließ sich neben ihn auf die Bank sinken.

Eine Zeit lang starrten sie beide in die Dunkelheit und schwiegen, aber es war kein gutes Schweigen. Zoe wusste, dass sie nichts von ihm erfahren würde, selbst wenn sie die ganze Nacht neben ihm auf der Bank hocken bliebe.

„Meinetwegen." Sie erhob sich wieder. „Dann friss es in dich rein. Hoffentlich bekommst du davon nicht wirklich Bauchschmerzen."

„Zoe." Er hob seine Hand, als wollte er sie aufhalten. Aber dann ließ er sie wieder sinken und schüttelte den Kopf. „Es bringt nichts", hörte sie ihn murmeln, mehr zu sich selbst als zu ihr. „Du kannst mir auch nicht helfen."

„Wie willst du das wissen, wenn du mir nichts erzählst?", fragte Zoe.

Sie wartete noch ein paar Augenblicke, doch jetzt starrte er wieder in den dunklen Nachthimmel, tief in seine Gedanken versunken. Da drehte sie sich auf dem Absatz um und rannte zurück zum Schloss.

Vancouver im Sommer: Der Himmel war wolkenlos blau, die Sonne lachte am Himmel und vom Meer her wehte ein sanfter Wind durch die Stadt. Die Straßencafés waren voll, vor den Eisdielen standen lange Schlangen und im Park spielten die Leute Frisbee.

Die ganze Stadt hatte gute Laune.

Nur Zoe nicht.

Auf ihrem Handy hatte sie einen Countdown eingerichtet. Eine App zählte die Stunden, bis sie wieder zurück nach Snowfields konnte. Acht Wochen machten sechsundfünfzig Tage machten tausenddreihundertvierundvierzig Stunden. Die Zahl nahm so langsam ab, dass Zoe die App nach drei Tagen wieder deinstallierte. Es war einfach zu deprimierend.

Jeden Abend skypte sie mit Isabelle oder Cathy. Isabelle verbrachte die Ferien bei ihrem Bruder und seiner Freundin in Calgary. Dort regnete es ununterbrochen und sie war dennoch bester Laune. Und ständig auf Achse. Wenn Zoe mit ihr gesprochen hatte, fühlte sie sich noch elender.

Cathy langweilte sich dagegen genauso wie Zoe. Außerdem stritt sie sich mit ihrer Mutter.

„Wir können einfach nicht miteinander", sagte Cathy. „Mom meckert die ganze Zeit an mir rum, das ist echt unerträglich. Heute Abend ist sie komplett ausgerastet, weil ich angeblich mein Zimmer nicht aufräume."

„Dein Zimmer sieht ja auch aus wie ein Katastrophengebiet", sagte Zoe. Hinter Cathy türmten sich Stapel schmutziger Wäsche, mehrere Paar Turnschuhe lagen kreuz und quer auf dem Boden, und auf dem Schreibtisch standen Teller und Schüsseln mit verklebten Joghurtresten. Dabei war Cathy noch keine Woche zu Hause. „Sag deiner Mutter einen schönen Gruß. Ich weiß, wie sie sich fühlt."

Mit ihrer Unordnung trieb Cathy auch ihre Zimmernachbarn in Snowfields in den Wahnsinn.

„Das Schlimmste ist die Langeweile", sagte Cathy, ohne auf Zoes Bemerkung einzugehen. „Die wenigen Leute, die ich hier noch kenne, sind alle unterwegs."

„Bei mir ist es genauso." Abgesehen von Kim hatte Zoe keine Freunde in Vancouver. Früher hatte ihr das nichts ausgemacht, als sie noch Flöte gespielt hatte. Aber jetzt wusste sie nichts mehr mit sich anzufangen.

„Komm doch her", sagte Cathy. „Von Vancouver nach Seattle ist es eine Stunde mit dem Flieger. Die Stadt ist eigentlich ganz cool, wenn man nicht einsam und allein ist."

„Das wäre echt nicht schlecht", meinte Zoe. „Ich red mal mit Mom. Vielleicht darf ich ja für ein paar Tage kommen. Sie übt ohnehin den ganzen Tag für ihr Konzert und Dad ist bei der Arbeit."

Ihre Eltern waren wenig begeistert, als Zoe ihnen am nächsten Morgen von ihren Plänen erzählte.

„Warum kommt deine Freundin denn nicht hierher?", fragte ihr Dad. „Dann hätten wir wenigstens ein bisschen was von dir. Wir sehen dich doch schon das ganze Jahr über so gut wie nie."

„Wie wäre es, wenn ich zuerst zu Cathy fliege und sie dann mitbringe, wenn ich zurückkomme?", schlug Zoe vor.

„Also, für mich wär das okay", sagte Irmhild Sullivan. „Es ist ja nicht auszuhalten, wie du dich hier langweilst."

Ihr Vater nickte ebenfalls.

Zoe rannte sofort nach oben in ihr Zimmer, um

Cathy zu informieren und den Flug zu buchen. Danach war sie in einer solchen Hochstimmung, dass sie beschloss, ins Freibad zu gehen.

Das war allerdings eine bescheuerte Idee. Wegen des guten Wetters und der Ferien war das Schwimmbad natürlich vollkommen überfüllt. Auf der Wiese fand Zoe nur noch in der prallen Sonne ein bisschen Platz, um ihr Handtuch auszubreiten. Und das Becken war so voll, dass an Schwimmen ohnehin nicht zu denken war.

Sie würde einmal ins Wasser springen und dann wieder nach Hause gehen, beschloss Zoe, und machte sich auf den Weg zum Becken.

„Hi, Zoe!" Kurz vor der Dusche versperrte ihr ein großer blonder Typ den Weg und grinste sie an.

„Jake!"

Noch vor einem Jahr hätte Zoe jetzt weiche Knie bekommen. Bevor sie nach Snowfields gegangen war, war sie rettungslos in Jake verliebt gewesen. Jedes Mal, wenn sie im Unterricht zufällig nebeneinandersaßen oder sich in der Pause begegneten, war sie vor Aufregung fast kollabiert.

Irgendwann hatte er sie dann auch tatsächlich geküsst. Zoe schwebte im siebten Himmel, aber am nächsten Tag musste sie feststellen, dass Jake nicht im Traum daran dachte, sich ihretwegen von seiner Freundin zu trennen.

Er war der totale Aufreißer, das war Zoe inzwischen klar geworden. Sie verstand auch nicht, wie sie jemals auf ihn hatte reinfallen können.

Er sah allerdings ziemlich gut aus, das war nicht abzustreiten. Jake war braun gebrannt, schlank, aber ziemlich muskulös. Auf seiner Nase tanzten unzählige kleine Sommersprossen, die in einem seltsamen Kontrast zu seinem markanten Gesicht standen. Und seine graugrünen Augen waren einfach wunderschön.

„Das ist ja krass, dass ich dich treffe", erklärte er. „Mit wem bist du hier?"

„Allein", gab Zoe widerwillig zu. „Ich wollte nur kurz ins Wasser ..."

„... und danach quatschen wir", beendete er ihren Satz. „Du musst mir erzählen, wie's dir geht. Wir haben uns ja ewig nicht mehr gesehen."

„Das letzte Mal auf Nicks Party", sagte Zoe kühl. „Du hast mich mit diesem Cocktail abgeschossen, der angeblich alkoholfrei war." Und als Zoe total betrunken gewesen war, hatte Jake die Gelegenheit genutzt und sie wieder geküsst. Aber daran erinnerte sie ihn jetzt lieber nicht.

Seine Augen wurden groß vor Überraschung und Bestürzung. „Was? Mit dem Alkohol im Cocktail hatte ich nichts zu tun! Ich hatte keine Ahnung, dass da jemand was reingekippt hatte. Mir ging's am nächsten Morgen auch total schlecht. Ich war das nicht, Zoe, das musst du mir glauben."

„Ich muss gar nichts." Sie ließ ihn stehen und stellte sich unter die eiskalte Dusche. Dann sprang sie ins Becken, ohne sich noch mal zu ihm umzudrehen.

Als sie wieder aus dem Wasser stieg, wartete er auf sie, zwei Flaschen Cola in der Hand.

„Ich war das nicht!", sagte er erneut.

„Ist doch egal, Jake." Das Wasser lief ihr aus den Haaren und tropfte von ihrem Kinn. Sie wollte an ihm vorbei, aber er verstellte ihr den Weg.

„Ist nicht egal", erklärte er. „Du musst eine Versöhnungs-Cola mit mir trinken. Vorher lass ich nicht locker." Er streckte ihr eine der beiden Flaschen hin.

„Hast du da wieder was reingetan?" Sie musterte die Cola misstrauisch.

„Hast du mir nicht zugehört? Ich hab den Cocktail damals nicht manipuliert. Und warum sollte ich dir irgendwas in die Cola kippen? Wofür hältst du mich?" Wie er sie jetzt ansah. Voll ehrlicher Entrüstung. Entweder er sagte wirklich die Wahrheit oder er war ein genialer Schauspieler.

„Also gut. Meinetwegen." Sie griff genervt nach einer der Flaschen und trank einen großen Schluck.

„Prost!" Er hob seine Flasche, dann setzte er sie ebenfalls an den Mund. „Ich sitz da hinten unter den Bäumen. Hab noch einen Schattenplatz ergattert."

„Schön für dich. Also, ich verzieh mich jetzt wieder ..."

„Jetzt trinken wir erst mal die Cola. So viel Zeit muss sein."

„Wieso bist du überhaupt noch hier in Vancouver?", fragte Zoe. „Auf Nicks Party hast du mir erzählt, dass deine Eltern sich scheiden lassen wollen und ihr wegzieht."

„Das mit der Scheidung zieht sich", sagte er. „Aber sie sind dran. Meine Mutter ist zurück nach Boston gezogen, Dad bleibt erst mal hier. Man weiß allerdings nie, für wie lange. Vielleicht ziehen wir nächsten Monat schon nach Singapur oder Kapstadt." Sein Sunny-Boy-Lächeln war plötzlich verschwunden. Er kaute einen Moment lang verdrossen an der Innenseite seiner Wange. Dann zuckte er mit den Schultern.

„Was ist mit dir?", fragte er. „Findest du deine Pferdeschule dort oben immer noch so schrecklich oder hast du dich eingelebt?"

„Es ist besser. Also, eigentlich ist es richtig gut in Snowfields. Ich hab endlich Freunde gefunden. Und mit dem Reiten klappt es inzwischen auch ganz gut."

„Super! Ich wusste, dass du es packst." Nun strahlte er sie wieder an. „Und was läuft mit Cyprian?"

„Mit ... wem?" Vor Verblüffung ließ Zoe fast die Colaflasche fallen. Das war ja wohl nicht wahr! Sie hatte Cyprians Namen Jake gegenüber nur ein einziges Mal erwähnt. Als er sie geküsst hatte. Und er hatte ihn sich tatsächlich gemerkt.

Er grinste. „Bingo, Volltreffer!"

„Was soll das denn heißen? Cyprian und ich sind in derselben Klasse. Mehr ist da nicht."

„Haha", sagte Jake. „Und wieso bist du dann knallrot?"

„Bin ich doch gar nicht", fauchte sie. „Da ist nichts zwischen Cyprian und mir."

„Hat er eine andere?"

„Nein." Sie schnaubte laut. „Wir sind nur Freunde. Auch wenn du dir das nicht vorstellen kannst."

Er legte den Kopf schief und musterte sie nachdenklich. „Das glaub ich dir nicht."

„Dann lässt du es eben bleiben."

Er nahm einen Schluck Cola. „Also gut. Wenn du nicht drüber reden willst ... Aber du machst einen Fehler, Zoe. Wenn ich mich mit irgendwas auskenne, dann sind es Beziehungssachen. Ich könnte dir bestimmt einen guten Tipp geben. Aber bitte, wer nicht will, der hat schon."

Nun musste sie gegen ihren Willen lachen. „*Du* willst mir einen Tipp geben? Du setzt doch eine Beziehung nach der anderen in den Sand. Wie willst du mir denn helfen, wenn du dein eigenes Leben schon nicht im Griff hast?"

„Na ja." Jakes Grinsen begann ein bisschen zu flackern. „In der Theorie weiß ich genau Bescheid. Ich kann mein Wissen nur nicht so gut umsetzen."

„Du meinst, du weißt eigentlich, dass es nicht so ideal ist, mit einem Mädchen rumzuknutschen, während du mit einer anderen zusammen bist? Aber in der Praxis schaffst du es dann doch nicht, dich zu beherrschen?"

Er seufzte. „So ungefähr."

„So weit bin ich aber auch schon. Obwohl ich zugegebenermaßen nicht so viel Erfahrung habe wie du." Zoe schüttelte den Kopf. „Vergiss es, Jake. Das mit Cyprian ist echt kompliziert. Du kannst mir dabei nicht helfen."

„Wie willst du das wissen, wenn du mir nichts erzählst?", fragte Jake.

Das war dieselbe Antwort, die Zoe vor ein paar Tagen Cyprian gegeben hatte. Ob das ein Zufall war? Es gab keine Zufälle, sagte Kim immer.

Außerdem hab ich nichts zu verlieren, dachte Zoe.

Sie erzählte Jake alles. Von ihrer Faszination für Cyprian, seiner Verschlossenheit und dem Verhältnis zwischen ihm und Isabelle, aus dem Zoe einfach nicht schlau wurde.

Jake hörte ihr aufmerksam zu und kratzte sich dann nachdenklich hinter dem Ohr. „Also, ich hab natürlich keine Ahnung, ob er an dir interessiert ist oder eher an deiner Freundin. Oder an euch beiden. Aber auf jeden Fall ist vor dieser Gala etwas passiert, das ihn total fertiggemacht hat."

„Und warum erzählt er mir nicht, was geschehen ist? Wir kennen uns schon so lange und ich würde ihm immer ..."

„Er tickt aber nicht wie du", unterbrach Jake sie. „So wie ich ihn einschätze, ist er es gewohnt, die Dinge mit sich selbst auszumachen."

„Du meinst, ich soll ihn einfach in Ruhe lassen?", fragte Zoe.

Jake blies gedankenverloren über die Öffnung seiner Flasche, sodass ein heller Flötenton erklang. „Eigentlich nicht", meinte er nach einer Weile. „Wenn man aus solchen Typen irgendwas rauskriegen will, dann muss man sie ein bisschen nerven."

„Wie meinst du das?"

„Hast du nach dem Fest noch mal mit ihm gesprochen?"

„Nein. Wir sind ja am nächsten Tag nach Vancouver geflogen. Außerdem war ich echt unsicher."

„Ich würde ihn mal anrufen. Frag ihn, was los war, wie es ihm geht. Wenn er das Problem inzwischen gelöst hat, ist alles okay. Und wenn nicht, ist er vielleicht ganz froh, wenn du dich meldest."

Zoe nagte an ihrer Unterlippe. „Und wenn ich ihm bloß auf die Nerven gehe?"

Jake lächelte. „Hast du Angst, dass er dich für eine aufdringliche Klette hält?"

„Genau. Und dass er denkt, dass ich … ihm nachlaufe."

„Das wär allerdings blöd. Aber ich glaube, da musst du dir keine Sorgen machen."

„Ach ja? Und warum nicht?"

„Weil du keine aufdringliche Klette bist."

„Aha." Sie trank ihre Flasche aus und ließ sie nachdenklich zwischen Daumen und Zeigefinger hin und her baumeln.

„Ruf ihn an", sagte Jake. „Trau dich."

Und wenn es schiefgeht?, fragte sich Zoe.

„Wenn es schiefgeht", sagte Jake, als hätte sie den Gedanken laut ausgesprochen, „kommst du zu mir. Ich bin immer für dich da, Zoe." Er lächelte so breit, dass seine weißen Zähne blitzten. „Du hast doch meine Handynummer, oder?"

Zoe zog eine Grimasse. „Danke, Jake." Sie hatte die Nummer schon vor über einem Jahr gelöscht, aber das erzählte sie ihm nicht.

Am Nachmittag saß sie mit ihrem Handy auf dem Bett. Und starrte auf das Display, auf dem Cyprians Nummer stand. Aber sie schaffte es einfach nicht, ihren Zeigefinger auf das grüne Hörersymbol zu senken.

Cyprian telefonierte so ungern. Vielleicht war es doch besser, wenn sie ihm eine Sprachnachricht schickte. Dann wusste er, dass sie an ihn dachte, und konnte sich melden, wenn ihm danach war. Oder auch nicht.

Zoe drückte auf das Mikrofonsymbol.

„Hi, Cyprian, ich bin's", begann sie. „Ich … äh … muss die ganze Zeit an dich denken." Verdammt, wie klang das denn? Völlig falscher Einstieg! Wieso hatte sie sich nicht vorher überlegt, was sie sagen wollte? „Ich meine, ich frag mich die ganze Zeit, warum du bei der Show nicht mitgemacht hast. Und was passiert ist und ob ich dir nicht vielleicht doch helfen kann. Also, wenn du mal quatschen willst, ich bin für dich da. Meld dich einfach, wenn dir danach ist. Ich … äh … würd mich freuen."

Sie ließ das Mikrofonsymbol wieder los und die

Nachricht wurde versandt. Na super! Bescheuerter hätte sie sich kaum ausdrücken können.

Als Zoe kurz darauf mit ihrer Mutter Tee trank, spürte sie ihr Handy in der Hosentasche vibrieren. Verstohlen zog sie das Telefon aus der Jeans und warf einen Blick auf das Display. Eine SMS von Cyprian.

„Kein Handy am Tisch", sagte ihre Mom, bevor Zoe die Nachricht aufrufen konnte. „Okay, Zoe?"

„Okay." Nervös steckte sie das Telefon wieder in die Tasche.

„Also? Wie sieht's aus?", fragte Irmhild Sullivan.

„Was?" Ihre Mutter hatte gerade irgendwas gefragt, aber Zoe hatte leider nicht richtig zugehört.

Irmhild Sullivan seufzte. „Hast du Lust, im Herbst mit mir nach Tokio zu fliegen? Lu Yan-tak spielt in der Tokyo Concert Hall. Ich könnte noch Karten kriegen. Wir könnten uns ein paar schöne Tage in Japan machen ..."

„Und was ist mit der Schule?"

„Das kriegen wir schon hin. Früher haben wir dich doch auch einfach beurlauben lassen."

„Da habe ich ja auch Konzerte gegeben." Zoe schüttelte den Kopf. „Nicht böse sein, Mom, aber ich will das nicht."

„Schon okay. War ja nur ein Vorschlag", sagte Irmhild Sullivan, doch ihr gekränktes Gesicht sagte etwas anderes. Zoe legte ihre Hand auf die ihrer Mutter, die sich daraufhin zu einem Lächeln zwang. „Kein Problem, Zoe", sagte sie. „Irgendwann lern ich es."

„Was?"

„Dass du erwachsen wirst. Und dein eigenes Leben hast und eigene Entscheidungen triffst."

Nun drangen aus Irmhild Sullivans Musikzimmer wieder schnelle Geigenläufe durchs ganze Haus. Ihre Mutter übte das Violinkonzert in g-Moll von Bruch, erkannte Zoe, während sie das Display ihres Handys aktivierte. Und Cyprians Nachricht las.

Ich weiß, wo Eclipse ist, hatte er geschrieben.

Überrascht starrte Zoe auf die fünf Worte.

Eclipse, das wusste sie, war Cyprians Pferd gewesen. Ein Appaloosa-Hengst, den sein Vater ihm nach dem Tod seiner Mutter geschenkt hatte. Auf ihm hatte Cyprian reiten gelernt, mit ihm hatte er praktisch seine ganze Kindheit verbracht. Eclipse war alles für ihn – Mutter, Vater, Bruder und Freund. Mit zehn war Cyprian auf Eclipse bei den ersten Nachwuchsrennen gestartet, und als er vierzehn wurde, nahmen sie an allen großen Rennen teil. Und gewannen. Vermutlich hätte sich daran bis heute nichts geändert, wenn Cyprians spielsüchtiger Vater nicht gewesen wäre. Er verlor den teuren Hengst, der offiziell immer noch ihm gehörte, bei einer riskanten Wette.

Eclipse wurde Cyprian weggenommen. Seit über einem Jahr hatte er ihn nicht mehr gesehen.

Zoe wusste, dass Cyprian nie aufgehört hatte, nach dem Appaloosa zu suchen, obwohl ihm natürlich klar war, dass Eclipse viel zu wertvoll war, um ihn zurückkaufen zu können.

Und jetzt hatte er ihn offensichtlich gefunden.

Zoe brannte darauf, mehr zu erfahren. Mit zitternden Fingern wählte sie Cyprians Nummer.

Er meldete sich nach dem ersten Klingeln, als habe er nur auf ihren Anruf gewartet. Trotz ihrer Aufregung und Anspannung machte sie das froh.

„Wo ist er?", fragte sie atemlos.

„In Portland", sagte Cyprian. „Bei Macmillan."

„Bei wem?"

„Macmillan. Das Gestüt. Sagt dir der Name nichts?"

Natürlich nicht. Zoe hatte von Rennställen und Gestüten genauso wenig Ahnung wie von Jockeys und preisgekrönten Pferden. Sie wusste nicht, wo die wichtigsten Turniere stattfanden und wer in den letzten Jahren die meisten Preisgelder eingestrichen hatte. Auch nach einem Jahr in Snowfields war ihr die Welt des Pferdesports immer noch fremd.

„Wer ist das denn?", fragte sie.

Cyprian schwieg so lange, dass Zoe schon befürchtete, die Verbindung wäre unterbrochen. Aber dann antwortete er doch.

„Der Teufel", sagte er mit leiser, düsterer Stimme. „Macmillan ist der Teufel."

Der Mann stand auf der Wiese in der Mitte der Rennbahn und drehte sich langsam um sich selbst. Er starrte ihn und die anderen Pferde an, durch riesige schwarze Augen. Keine ihrer Bewegungen entging ihm.

Danach kam er in den Stall, er ging die Gasse zwischen den Boxen entlang, mit harten, festen Schritten. Am Anfang blieb er oft vor seinem Verschlag stehen. Er verschränkte die Arme vor der Brust und durchbohrte ihn mit seinem Blick.

Ein paarmal hatte er ihn auch aus dem Stall geführt und gesattelt und war auf seinen Rücken gestiegen. Und hatte ihn auf die Rennbahn getrieben.

Er wollte den Mann nicht auf seinem Rücken haben, aber sein Wille hatte keine Bedeutung. Der Mann hatte *eine Peitsche und Sporen. Er bestimmte und die Pferde hatten zu gehorchen.*

Der Mann war schlimm, aber das Mädchen war noch schlimmer. Sie trat die Pferde in die Flanken, sie peitschte sie blutig, sie stach sie mit langen dünnen Nadeln. Sie war so grausam wie eine Krähe, die den Weidetieren die Augen aushackt.

Alle Pferde fürchteten das Mädchen und versuchten, ihm zu entkommen. Sie galoppierten, so schnell sie konnten, und das war es, was das Mädchen wollte. Dass sie liefen, bis ihre Lungen brannten, bis ihre Beine zitterten, bis sie halb tot waren.

Er war der Einzige, der sie durchschaute. Der sich widersetzte. Er hielt ganz still, als sich das Mädchen auf seinen Rücken schwang, und wiegte sie in Sicherheit. Aber als sie ihn peitschte, bäumte er sich hoch auf und schleuderte sie zu Boden. Er hätte sie totgetreten, wenn die Männer ihn nicht von ihr weggezerrt hätten.

Danach versuchte sie nie wieder, ihn zu reiten.

Wenn sie an seiner Box vorbeiging, sah er die Angst in ihrem Blick und den Hass. Aber sie konnte ihm nichts antun. Sie hatten ihm alles genommen, er hatte nichts mehr zu verlieren.

6

„Macmillan ist einer der erfolgreichsten Galopptrainer weltweit", erklärte Cyprian Zoe. „Ich glaube, es gibt niemanden, der in den letzten Jahren mehr Preisgelder eingesammelt hat."

Der Trainer hatte in der Nähe von Portland ein Gestüt gepachtet, auf dem er eine eigene Pferdezucht betrieb. Er bildete Nachwuchsjockeys aus, handelte mit Pferden und bereitete sie auf die Rennen vor. Früher hatte er nur Vollblüter trainiert, in den letzten Jahren hatte er sich vermehrt auf Appaloosas konzentriert.

Cyprian hatte Joseph Macmillan vor ungefähr eineinhalb Jahren persönlich kennengelernt, als er mit Eclipse an einem Derby in Atlanta teilgenommen hatte, bei dem auch einige Pferde von Macmillan am

Start waren. Nachdem er sein eigenes Rennen absolviert hatte, hatte Cyprian sich unter die Zuschauer
gemischt – und dabei hatte er gesehen, wie einer von
Macmillans Jockeys sein Pferd regelrecht zum Sieg gepeitscht hatte.

„Fünf Peitschenhiebe auf der Rennstrecke sind erlaubt", erzählte er Zoe. „Ich meine, ich finde es schon
krass, dass man die Peitsche überhaupt verwenden
darf. Ich hätte Eclipse niemals geschlagen. Aber diesem Jockey reichte das noch nicht. Der hat wie ein
Verrückter auf das arme Tier eingedroschen." Er
machte eine kurze Pause, weil ihm vor lauter Abscheu
die Stimme versagte. „Das Pferd ist um sein Leben
gerannt, total in Panik, und kam als Erstes durchs
Ziel."

„Und dann?", fragte Zoe. „Wurde der Jockey disqualifiziert?"

Cyprian lachte bitter. „Der Reiter musste sechzehn-
tausend Dollar Strafe zahlen, wegen unerlaubtem Ein-
satz von Hilfsmitteln. Aber das Preisgeld betrug drei-
hundertsiebzigtausend Dollar. Da ließ sich die Strafe
verschmerzen."

„Das gibt's doch nicht!", rief Zoe empört. „Und das
ist legal?"

„Total legal. Ich konnte es auch nicht fassen, ich
dachte, ich dreh durch! Während des Rennens hatte

ich gefilmt und mit dem Handy-Video von dem prügelnden Jockey bin ich erst mal zu den Derby-Veranstaltern. Aber die wollten nichts davon wissen, für die war der Fall erledigt. Ich war so sauer, dass ich beschlossen habe, mit Macmillan persönlich zu reden. Man wollte mich zuerst nicht zu ihm durchlassen, daher hab ich einfach vor seinem Hotel gewartet. Und irgendwann kam er raus."

„Wie hat er reagiert?", fragte Zoe.

„Er war total relaxt und freundlich. Hat sich den Film in aller Ruhe angesehen. Und dann hat er gelacht. *Da ist mit dem Jockey eindeutig der Gaul durchgegangen*, sagte er. Der fand das lustig!"

„Das war alles?"

„Mehr oder weniger. Er meinte noch, er habe schon mit dem Reiter gesprochen, das Ganze sei natürlich vollkommen inakzeptabel und würde garantiert nicht mehr vorkommen. Und wie schön er es fände, dass sich ein junger Mann wie ich so für Pferde interessierte. Blablabla!" Cyprian schnaubte verächtlich. „Ich war so sauer, dass ich den Film bei YouTube hochgeladen und eine Mitteilung an alle möglichen Fachzeitungen und Reiterportale im Internet geschickt habe. Das Video wurde in den ersten Tagen auch richtig oft angeklickt."

„Und dann?"

„War es weg. Macmillan hatte vor Gericht eine einstweilige Verfügung wegen Verleumdung erwirkt. YouTube hat es sofort aus dem Netz genommen."

„Verleumdung? Aber die Sache war doch wohl eindeutig! Du hattest ein Video, das ist ein klarer Beweis."

„Keine Ahnung, wie Macmillan das gedreht hat. Vielleicht hat er behauptet, dass der Film manipuliert worden ist und der prügelnde Jockey gar nicht aus seinem Stall wäre", sagte Cyprian.

„Es muss doch auch noch andere Filmaufnahmen gegeben haben, die den Vorfall belegen."

„Die gab es mit Sicherheit. Aber sie kamen nicht in die Öffentlichkeit. Die ganze Angelegenheit ist damals vertuscht worden. Ich meine, für den Veranstalter ist so ein Skandal ja auch nicht gerade toll. Außerdem ist Macmillan ein enorm wichtiger Mann in der Szene, die wollten ihn nicht verärgern."

„Du warst bestimmt nicht der Einzige, der das beobachtet hat. Hat denn sonst keiner was gesagt oder unternommen? Das kann doch nicht wahr sein!"

Cyprian lachte bitter. „So was interessiert keinen. Die Trainer und Züchter wollen, dass ihre Pferde als Erste durchs Ziel gehen, damit sie das Preisgeld kassieren und die Tiere dann zu Höchstpreisen verkaufen können. Und die meisten Besucher wollen auch nicht wissen, wie es den Pferden geht. Die haben eine Menge Kohle auf einen bestimmten Platz gesetzt und hoffen darauf, dass ihre Wette aufgeht."

„Trotzdem. Bei einem Rennen gibt es so viele Zuschauer – da sind doch mit Sicherheit auch Tierschützer darunter."

„Aber was sollen die denn tun? Man kann protestieren und demonstrieren, aber solange das Peitschen nicht gesetzlich verboten wird, sind die Tierquäler auf der sicheren Seite. Das Schlimmste ist ja, dass die Trainer, die mit so grausamen Methoden arbeiten, meist auch die erfolgreichsten sind. Und wenn man ihnen mit Tierschutz und Moral kommt, lachen sie einen nur aus."

„Man muss es dennoch versuchen! Öffentlicher Druck ist immer gut. Du hättest das Video an eine Tierschutzorganisation weitergeben sollen", sagte Zoe.

„Das hatte ich auch vor. Ich hatte bereits Kontakt mit PETA aufgenommen. Doch dann kam dieses schreckliche Turnier, bei dem ich Eclipse verloren habe." Cyprian schluckte hörbar. „Danach war mir alles scheißegal. Ich bin richtig abgestürzt. Wenn Caleb mich nicht nach Snowfields geholt hätte, keine Ahnung, was aus mir geworden wäre."

„Und jetzt ist Eclipse ausgerechnet bei Macmillan gelandet? Wie schrecklich", sagte Zoe.

„Vielleicht ist das die Strafe dafür, dass ich damals nichts unternommen habe", erwiderte Cyprian düster.

„So ein Quatsch!", rief Zoe. „Wenn jemand eine Strafe verdient hätte, dann dein Dad, weil er Eclipse verspielt hat. Und Macmillan natürlich. Aber du doch nicht!"

„Ist ja auch egal." Cyprian sprach jetzt so leise, dass Zoe ihn kaum noch verstand. „Ich werde verrückt bei der Vorstellung, dass Eclipse in den Händen dieses Verbrechers ist. Und ich bin total machtlos."

„Hast du mit Caleb über die Sache gesprochen?", fragte Zoe. „Was sagt er dazu?"

„Nichts. Caleb ist gar nicht mehr hier. Er ist vor drei Tagen nach England geflogen, danach geht es weiter nach Osteuropa und Australien. Auf jeden Fall kommt er erst kurz vor dem Ferienende wieder zurück."

„Natürlich", sagte Zoe. Die Sommerferien nutzte Caleb immer, um zu Pferdebesitzern und in Gestüte auf der ganzen Welt zu fliegen und die Pferde vor Ort zu therapieren. Das bedeutete, dass Cyprian mehr oder weniger allein im Internat war. In den Ferien gab es nur eine Notbesetzung in der Schule, für die wenigen Schüler, die nicht nach Hause fliegen konnten.

Zoes Herz krampfte sich vor Mitleid zusammen, als ihr bewusst wurde, wie einsam Cyprian sich gerade fühlen musste. Kein Wunder, dass er sofort ans Handy gegangen war.

„Pass auf", sagte sie. „Ich leg jetzt auf und mach mir mal ein paar Gedanken, was wir tun können. Und dann meld ich mich wieder."

„Vergiss es, Zoe." Cyprians Stimme klang unendlich müde. „Ich hab in den letzten Tagen nichts anderes getan, als mir Gedanken zu machen. Wir haben keine Chance, Eclipse da rauszuholen. Auch wenn er inzwischen mächtig an Wert verloren hat, ist er immer noch viel zu teuer für mich. Ganz abgesehen davon, dass Macmillan ihn bestimmt nicht verkaufen will."

„Weißt du denn, wo er in der Zwischenzeit gesteckt hat? Ist er überhaupt noch bei Rennen gestartet?"

„Er hat noch zwei Derbys gemacht, kurz nachdem sie ihn mir weggenommen haben. Aber er ist weit abgeschlagen auf den hintersten Plätzen gelandet. Danach ist er von der Bildfläche verschwunden. Und jetzt hab ich auf Macmillans Homepage gelesen, dass er ihn gekauft hat."

„Meinst du, Macmillan schafft es, Eclipse wieder fit zu kriegen? So wie früher?", fragte Zoe.

„Ich glaub, das ist gar nicht sein Ziel", sagte Cyprian. „Macmillan kauft gerne Rennpferde, die ihre beste Zeit bereits hinter sich haben. Weil sie einen

Unfall hatten oder gesundheitliche Probleme. Er trainiert sie und lässt sie dann bei kleineren Rennen starten. Dort geht es nicht um Mega-Preisgelder, aber auf lange Sicht gesehen erzielen die Pferde dennoch gute Erträge. Wenn ich daran denke, dass Eclipse auf diesen Provinz-Derbys verheizt wird ..." Seine Stimme bebte verräterisch. „Ich muss jetzt Schluss machen", sagte er hastig und legte auf.

Als Zoe die Begriffe *Macmillan* und *Galopptrainer* in die Google-Leiste eingab, erhielt sie eine halbe Million Suchergebnisse. Der erste Link führte zur Homepage des Rennstalls in Portland. Die Seite war ziemlich beeindruckend.

Für seinen Rennstall hatte Macmillan einen alten Gutshof gepachtet und komplett umgebaut. In dem historischen Gebäude waren jetzt Macmillans Privaträume und sein Büro untergebracht. Für die Pferde war eine riesige moderne Stallanlage errichtet worden. Es gab zwei lange Trainingsbahnen und einen überdachten Trabring.

Die Bilder auf der Homepage waren idyllisch: Das Gestüt lag zwischen sanften grünen Hügeln, hohe Bäume säumten die Trainingsbahn und die Koppeln, auf denen die Pferde grasten.

Die hundertfünfzig Tiere, die in dem Stall untergebracht waren, gehörten längst nicht alle dem Trainer. Viele Züchter und Privatleute brachten ihre Pferde zu ihm, damit Macmillan mit ihnen arbeitete.

Auf YouTube fand Zoe eine ausführliche Reportage über den Galopptrainer. Joseph Macmillan war ein hochgewachsener, breitschultriger Mann mit einer auffallenden roten Brille und grauen Schläfen. Sein Lachen war ehrlich und ansteckend – nichts an ihm wirkte teuflisch. Ob Cyprian sich nicht vielleicht doch in ihm getäuscht hatte? Womöglich gab es eine ganz harmlose Erklärung für Macmillans Reaktion auf das Video. Oder das Ganze handelte sich wirklich um eine Verwechslung.

In der Reportage betonte der Galopptrainer jedenfalls in jedem zweiten Satz, wie sehr ihm das Wohl seiner Tiere am Herzen lag.

„Man muss Pferde lieben", sagte er, „sonst kann man diesen Job nicht machen."

Die Bilder des Films glichen denen auf der Website: eine wunderschöne Anlage inmitten einer traumhaften Umgebung. Gepflegte, gesunde Pferde und entspannte Menschen.

Im Interview erzählte Macmillan, wie wichtig es ihm war, Pferden eine zweite Chance zu geben, die alle bereits abgeschrieben hätten.

„Es ist faszinierend", erklärte er. „Die Pferde spüren sofort, wenn wieder jemand an sie glaubt. Und dann geben sie alles. Aus einem Tier, das einmal im großen Stil gescheitert ist oder lange Zeit krank war, wird natürlich nie mehr ein Top-Champion. Aber im Mittelfeld laufen viele von ihnen richtig gut. Und wenn auf der Rennbahn gar nichts mehr geht, vermitteln wir sie an Privatleute weiter, die sich über solche Klassepferde riesig freuen."

Das klang eigentlich ganz gut, dachte Zoe. Vielleicht ging es Eclipse ja besser, als Cyprian glaubte.

Nachdenklich klickte sie die nächste Reportage an. Eine Doku über einen jungen Mann, der bei Macmillan seine Ausbildung zum Jockey machte. Sean war gerade einmal vierzehn und schwärmte in den höchsten Tönen von seinem Chef und dem Gestüt.

„Die Anforderungen sind hoch", sagte er. „Da darf man sich nichts vormachen. Aber wenn man ganz oben mitmischen will, muss man eben auch Leistung bringen." Er lobte seine Ausbilder, die professionelle Ausstattung des Gestüts, das gute Miteinander im Team und unter den Auszubildenden. „Die Liebe zum Pferd verbindet uns, darauf kommt es an."

Eine heile Pferdewelt. Auch die Artikel der Online-Zeitungen, die Zoe danach las, bestätigten diesen positiven Eindruck.

Der Peitschen-Vorfall in Atlanta war nirgends erwähnt. Und so was ließ sich doch nicht komplett vertuschen, oder?

Zoe nagte ratlos an ihrem Zeigefingernagel, als ihr Handy klingelte. Sie ging ran, ohne vorher den Namen auf dem Display zu lesen.

„Cyprian?" Verdammt! Warum raste ihr Herz nun wieder so?

„Leider nein. Ich bin's nur. Cathy", meldete sich eine Mädchenstimme.

„Oh, hi, Cathy! Was gibt's?"

„Noch mal wegen morgen. Ich wollte dich daran erinnern, dass du deine Reitsachen mitbringst. Mom fährt uns zu einer Ranch, auf der man Pferde ausleihen kann. Wir machen einen Ausritt am Fluss entlang zu einem Wasserfall."

„Okay", sagte Zoe, die gar nicht richtig zugehört hatte. „Du, sagt dir der Name Macmillan etwas?"

„Der Galopptrainer?", fragte Cathy verblüfft. „Wie kommst du denn jetzt auf den?"

Natürlich kannte sie Macmillan. Genau wie Cyprian war Cathy in der Pferdewelt groß geworden. Ihre Eltern hatten früher einen Reiterhof gehabt und Cathy ritt, seit sie fünf war.

„Was hältst du von ihm?", fragte Zoe.

„Was soll ich von ihm halten? Er ist megaerfolgreich. Dad hat mal gesagt, dass sich alles in Gold verwandelt, was Joe anfasst."

„Joe?"

„So heißt er mit Vornamen. Also, eigentlich Joseph."

„Das heißt, du kennst ihn persönlich?"

„Na klar. Als wir noch alle zusammen auf dem Land gewohnt haben, war er öfter bei uns. Obwohl wir ja einen stinknormalen Reiterhof hatten und Dad nur nebenher ein bisschen gezüchtet hat. Er und Joe haben sich eben gut verstanden. Das Ganze ist aber schon eine Weile her. Seit meine Eltern sich haben scheiden lassen, hab ich Macmillan nicht mehr gesehen. Aber wieso willst du das alles wissen?"

Auch diese Frage überging Zoe. „Ich hab so ein Gerücht gehört, dass er seine Pferde nicht gut behandelt", sagte sie stattdessen. „Einer seiner Jockeys soll auf einem Derby ein Pferd gepeitscht haben. Was hältst du davon?"

Cathy zögerte einen Moment lang. „Da war mal was", sagte sie. „Aber ich krieg es nicht mehr richtig zusammen."

„Was war da?", bohrte Zoe nach.

„Das ist alles Jahre her und ich war damals noch nicht mal zehn. Ich kann mich nur noch erinnern, dass sich Dad mit einem Bekannten über Joe unterhalten hat. Es ging um Tierquälerei. Aber als sie merkten, dass ich zuhöre, waren sie sofort still."

„Kannst du deinen Dad nicht mal fragen, worüber sie geredet haben?"

„Könnte ich", sagte Cathy. „Allerdings nur, wenn du mir endlich verrätst, warum du das alles wissen willst."

Nun war es Zoe, die zögerte. Sie war sich ganz sicher, dass es Cyprian überhaupt nicht gefallen würde, wenn sie Cathy von seiner Vergangenheit erzählte. Der Tod seiner Mutter, die Spielsucht seines Vaters und der Verlust von Eclipse – nichts davon war seine Schuld. Dennoch schien er sich dafür verantwortlich zu fühlen. Vielleicht hatte er auch einfach nur Angst, dass ihn die anderen bemitleideten.

„Also", sagte Cathy gedehnt. „Es geht um Cyprian, so viel steht fest."

„Wie kommst du denn darauf?", fragte Zoe unbehaglich.

„Weil du gerade eben gedacht hast, dass er anruft."

„Ach so." Zoe schwieg.

Cathy wartete.

„Ich ... äh ... kann nicht darüber sprechen", erklärte Zoe schließlich. „Aber ich muss wissen, was dieser Joe – also Macmillan – für ein Typ ist. Bitte, Cathy! Du musst mir helfen!"

Ihre Stimme klang so flehend, dass Cathy weich wurde.

„Meinetwegen", sagte sie. „Ich ruf Dad an und hak mal nach. Aber mach dir lieber nicht zu viele Hoffnungen. Vielleicht erinnere ich mich total falsch und da war überhaupt nichts …"

„Kein Problem. Meldest du dich gleich noch mal bei mir?"

„Ich weiß gar nicht, ob ich Dad heute noch erreiche. Er ist gerade in Europa. Außerdem sehen wir uns morgen, so lange wird das Ganze doch wohl Zeit haben."

Richtig. Morgen Nachmittag sollte Zoe ja nach Seattle fliegen, um dann eine Woche mit Cathy zu verbringen. Um dort reiten zu gehen, zu schwimmen und Spaß zu haben, während Cyprian in Snowfields langsam den Verstand verlor, vor Sorge um sein Pferd.

Das ging nicht, das war undenkbar.

„Cathy", begann Zoe vorsichtig.

„Was?" Cathys Stimme klang misstrauisch.

„Ich … wir müssen das noch mal verschieben. Ich kann dich nicht besuchen. Ich muss zurück nach Snowfields."

7

Am anderen Ende der Leitung herrschte einen Moment lang Schweigen. Dann räusperte sich Cathy.

„Das ist jetzt nicht dein Ernst."

„Es tut mir leid, Cathy." Zoes Stimme war dünn vor Nervosität. „Ich kann dir das nicht erklären …"

„Doch", fiel Cathy ihr ins Wort. „Du kannst es mir erklären. Und du musst es mir auch erklären. Weil ich sonst nämlich ebenfalls nach Snowfields fahre und dir den Hals umdrehe und Cyprian gleich mit. Ich hab mich wie verrückt auf dich gefreut, Zoe. Und jetzt sagst du mir einfach, dass du doch nicht kommst, sondern lieber zu einem Typen fliegst, der nichts von dir wissen will. Und willst mir nicht mal erzählen, was los ist." Cathy hatte sich richtiggehend in Rage geredet, sie spuckte die Worte geradezu aus.

„Warte mal!" Nun war es Zoe, die Cathy unterbrach. Sie holte tief Luft. Es gab keinen anderen Weg, sie musste Ihrer Freundin sagen, worum es ging. „Es geht um ein Pferd, das Cyprian einmal gehört hat. Eclipse."

„Der Leopard-Appaloosa", sagte Cathy. „Ein Wahnsinnstier."

„Was? Eclipse kennst du etwa auch?"

„Nicht persönlich." Cathy lachte. „Aber ich hab Fotos von ihm gesehen. Eines hing sogar in meinem Kinderzimmer. Du darfst es Cyprian nicht verraten, aber ich war mal ein großer Fan von ihm. Als er seine ersten Rennen gewonnen hat, hab ich ihn angehimmelt. Allerdings nur aus der Ferne, keine Sorge. Ich mach dir und Isabelle keine Konkurrenz." Sie lachte erneut. Dann wurde sie wieder ernst. „Was ist aus Eclipse geworden?"

„Cyprian hat ihn verloren. Und jetzt ist er plötzlich wieder aufgetaucht. Macmillan hat ihn gekauft."

„Okay." Cathy pfiff leise durch die Zähne. „Ich verstehe."

„Cyprian macht sich die größten Sorgen", erklärte Zoe. „Er hält Macmillan für einen üblen Tierquäler und hat Angst, dass er Eclipse verheizt." Sie erzählte Cathy die Geschichte von dem prügelnden Jockey und Macmillans Reaktion auf das Video.

„Und nun willst du zu Cyprian und ihn trösten?",
fragte Cathy. „Oder hast du einen Plan, wie du ihm
helfen kannst?"

Zoe seufzte. „Leider nicht", gab sie dann zu. „Ich
weiß ja noch nicht mal, ob Macmillan wirklich so ein
Monster ist oder ob Cyprian sich da nicht in was rein-
steigert."

In ihrem Hinterkopf tauchte ein weiteres Problem
auf. Wie sollte sie ihren Eltern erklären, dass sie nun
doch nicht zu Cathy nach Seattle wollte, sondern zurück nach Snowfields? Die Antwort – das wurde ihr
genauso schnell klar – war: gar nicht. Sie musste den
Flug umbuchen, ohne dass ihre Eltern etwas davon
mitbekamen. Aber das ging natürlich nur, wenn Cathy
sie nicht verriet.

Zu ihrer Erleichterung reagierte ihre Freundin fast
empört, als Zoe sie bat, sie zu decken.

„Wofür hältst du mich? Natürlich verpetz ich dich
nicht. Aber dafür musst du mich auf dem Laufen-
den halten. Ich will genau wissen, was Sache ist. Und
gib mir Bescheid, bevor ihr irgendwas Bescheuertes
macht."

„Was meinst du denn damit?", fragte Zoe.

„Keine Ahnung", sagte Cathy. „Aber dir fällt bestimmt was ein."

Zoe lehnte ihren Kopf an das Fenster des Shuttle-Vans. Am Straßenrand glitten uralte Bäume vorbei. Die Stämme waren so dick, dass drei oder vier Erwachsene sie nicht hätten umfassen können. Und die Baumkronen waren vom Bus aus gar nicht zu sehen, sie schwebten viele Meter über der Straße. Wie immer, wenn Zoe durch den endlosen Wald nach Snowfields fuhr, hatte sie das Gefühl, nach Hause zu kommen.

Den meisten ihrer Mitschüler machte die ungezähmte Wildnis, die die Schule umgab, Angst. Bei ihren Ausritten hielten sie sich an die Wege am See oder am Waldrand. Zoe dagegen fühlte sich geborgen und sicher, sobald sich die mächtigen grünen Zweige der Tannen, Kiefern und Laubbäume über ihr zu einem Dach zusammenschlossen. Hier gehörte sie hin, hier konnte ihr nichts passieren.

Der Motor des Vans dröhnte leise. Zoe kämpfte mit der Müdigkeit. Vorige Nacht hatte sie kaum ein Auge zugemacht. Nachdem sie den Flug umgebucht hatte, war sie ins Bett gegangen. Erst hatte sie lange nicht einschlafen können. Und dann hatte das Klingeln ihres Handys sie wieder aufgeweckt. Der Wecker auf ihrem Nachttisch zeigte 2:30 Uhr, als Zoe das Gespräch annahm.

„Cathy hier", meldete sich ihre Freundin. „Ich hab mit Dad gesprochen."

„Wann?" Zoe war verdattert. „Es ist mitten in der Nacht!"

„Ich hab doch gesagt, dass er gerade in Europa ist. In Frankreich ist es jetzt Morgen."

„Und? Konnte er dir was über Macmillan sagen?"

„Nicht wirklich. Zwischen den beiden herrscht seit einigen Jahren Funkstille", erzählte Cathy.

„Und warum?"

„Dad sagte, dass der Kontakt nach der Scheidung abgerissen ist. Nach dem ganzen Stress mit Mom und dem Verkauf des Reiterhofs hat er alles schleifen lassen. Deshalb ist er jetzt auch in Frankreich. Ich glaub, er will sich da niederlassen."

„Aha." Zoe unterdrückte ein Gähnen. „Was ist mit diesem Gespräch, das du damals belauscht hast?"

„Keine Ahnung. Dad konnte sich leider überhaupt nicht mehr an die Unterhaltung erinnern."

„Und dafür reißt du mich aus dem Tiefschlaf?"

„Also, hör mal! Vorhin konnte dir alles nicht schnell genug gehen und jetzt beschwerst du dich." Cathy schnaubte verächtlich. „Außerdem bin ich noch nicht fertig." Sie machte eine gewichtige Pause.

„Was?" Zoe schloss die Augen.

„Ich hab Dad gefragt, ob er sich vorstellen kann, dass Macmillan seine Pferde misshandelt. Und weißt du, was er geantwortet hat?"

„Was?"

„Er sagte, dass Joe für seine Pferde lebt. Und dass er einen unglaublichen Pferdeverstand hat. Deshalb ist er als Züchter und Trainer auch so erfolgreich."

„Aber?"

„Aber er ist auch durch und durch Geschäftsmann. Joe will Profit machen."

„Um jeden Preis?"

„Das ist die Frage", sagte Cathy. „Aber die konnte mein Dad mir natürlich auch nicht beantworten."

Zoe war im Shuttle-Van eingeschlafen. Als sie wieder aufwachte, verließ der Wagen gerade den Wald. Jetzt bog er auf die schmalere Straße ab, die zur Snowfields Academy führte.

Vor der Windschutzscheibe tauchte das Schloss auf. Über den Zinnen der Türme erhoben sich dicke Wolken, hinter denen die Gipfel der Berge verschwanden. Hier und da bohrten sich goldene Sonnenstrahlen durch die Wolkenmassen. Das Ganze wirkte dramatisch und bedrohlich.

Zum ersten Mal, seit sie in Vancouver aufgebrochen war, fragte sich Zoe, wie Cyprian reagieren würde, wenn sie plötzlich vor ihm stand.

Willst du ihn trösten?, hatte Cathy gestern gefragt. Oder hast du einen Plan, wie du ihm helfen kannst?

Weder noch, dachte Zoe. Sie war sich absolut sicher, dass Cyprian sich nicht von ihr trösten lassen würde. Und sie hatte nicht die Spur einer Idee, was sie tun sollten. Sie wussten ja nicht einmal mit Bestimmtheit, ob Joseph Macmillan wirklich ein skrupelloser Tierquäler war. Vielleicht hatte er den prügelnden Jockey nach dem Vorfall damals sofort gefeuert und Eclipse ging es gut bei ihm.

Vielleicht hätte ich nicht herkommen sollen, dachte Zoe. Hoffentlich wurde Cyprian nicht sauer.

Der Van kam auf dem Parkplatz vor dem Schloss zum Stehen. Zoe holte ihren Rucksack aus der Gepäckablage über dem Sitz. Am Nachmittag hatte ihre Mutter sie in Vancouver zum Flughafen gebracht. Vor dem Check-in hatten sie sich verabschiedet.

„Ruf an, wenn du da bist", hatte Irmhild Sullivan noch gesagt. „Oder wenn was ist."

Nachdem sie in Richtung Parkhaus verschwunden war, hatte Zoe sich zum Ausgang vier begeben – wo der Flieger nach Whitehorse startete. Es gefiel ihr überhaupt nicht, dass sie ihre Mutter belügen musste. Aber es war nun einmal der einzige Weg. Irmhild Sullivan kannte Cyprian kaum und hätte es bestimmt nicht akzeptiert, dass Zoe seinetwegen zurück nach Snowfields flog. Und seine Sorge um Eclipse hätte sie ebenfalls nicht nachvollziehen können.

Zoe lief durch das verwaiste Schulgebäude zum Verwaltungstrakt, in dem Mrs. Apple, die Schulsekretärin, auch in den Ferien die Stellung hielt.

Das Sekretariat war allerdings nur zwei Stunden am Tag geöffnet und Mrs. Apple wollte gerade Feierabend machen. Sie war sehr überrascht, als sie Zoe sah.

„Hast du Heimweh nach der Schule?", fragte sie.

„Ich muss für ein Turnier trainieren", erwiderte Zoe. „Und in Vancouver hab ich ja kein Pferd."

In den höheren Klassen gab es einige Schüler, die die Ferien im Internat verbrachten, um im Training zu bleiben. Die Pferdeflüsterer nahmen allerdings gar nicht an Turnieren teil, doch zum Glück schien das Mrs. Apple nicht bewusst zu sein.

„Du Arme", sagte sie nur mitleidig, während sie Zoe den Schlüssel für ihr Zimmer aushändigte. „Ich glaube, du bist die einzige Schülerin im ganzen ersten Stock. Obwohl – Cyprian Frazer ist auch noch da. Der ist doch in deiner Klasse, oder? Vielleicht könnt ihr euch ja gegenseitig ein bisschen aufbauen, er scheint auch sehr allein zu sein."

Zoe brachte ihre Sachen in ihr Zimmer und meldete sich bei Mrs. Cookson an, die die Ferienaufsicht im Internat hatte. Danach schrieb sie eine WhatsApp-Nachricht an Cyprian.

Bin hier, tippte sie. *Wo bist du?*

Seine Antwort kam einen Augenblick später.

Wo bist du?

In Snowfields. Ihre Finger zitterten ein bisschen, weil sie solche Angst vor seiner Reaktion hatte. *Ich geh jetzt runter zu Shaman.*

Sie wartete noch ein paar Sekunden, aber es kam keine Antwort mehr. Zoes Herz schlug jetzt bis zum Hals.

Mist!, dachte sie. Verdammter Mist!

Ihre Knie fühlten sich seltsam kraftlos an, als sie das Internat wieder verließ und den Weg zur großen Koppel hinunterging.

Cyprians dunkle Gestalt lehnte mit verschränkten Armen an dem Tor zur Weide. Seine leuchtend blauen Augen musterten sie und wie so oft war sein Gesichtsausdruck nicht zu deuten.

„Was um alles in der Welt willst du hier, Zoe?" Erfreut klang er schon mal nicht.

Zoe lächelte nervös. „Ich … äh … wollte bloß mal nach dir schauen."

Sie rechnete fest damit, dass er sich einfach umdrehen und sie stehen lassen würde. Aber stattdessen stieß er sich vom Gatter ab und kam auf sie zu.

„Danke", sagte er leise. Und dann umarmte er sie.

Es war das erste Mal, dass er sie so lange so festhielt. Dass sie seinen Atem auf ihrem Hals fühlte, sein Haar an ihrer Wange, seine Hände in ihrem Nacken.

Ihre Beine, die ohnehin schon kraftlos gewesen waren, verwandelten sich endgültig in Pudding. Sie brauchte ihre ganze Willenskraft, um nicht in die Knie zu sacken. Cyprian roch so gut. Sie wollte ihn nie mehr loslassen.

Aber genauso plötzlich wie Cyprian sie umarmt hatte, ließ er seine Arme auch wieder sinken.

„Und?", fragte sie. „Hast du noch irgendwas rausgefunden?" Ihre Stimme klang heiser. Hoffentlich merkte er ihr nicht an, wie durcheinander sie war.

„Ich hab gesehen, dass Macmillan Eclipse zu einem Rennen in Pittsburgh angemeldet hat. Ein kleines Derby. Dreitausend Dollar Preisgeld. Wahrscheinlich ist das für ihn eine Art Testlauf."

„Und wann findet das statt?"

„In sechs Wochen." Cyprian fuhr sich durch die Haare. „Ich denke, ich werde Macmillan ein Angebot machen."

„Ein Angebot?", fragte Zoe entgeistert. „Was willst du ihm anbieten?"

„Dass ich für ihn als Jockey arbeite. Keiner kennt Eclipse so gut wie ich. Zusammen können wir die richtig großen Rennen gewinnen, da bin ich mir sicher."

„Aber willst du das? Wenn Macmillan wirklich so gewissenlos ist, wie du denkst, dann kannst du doch nicht für ihn arbeiten!"

Cyprian seufzte. Sein Blick wanderte an Zoe vorbei, zu den Wolken, die die Berge inzwischen fast komplett einhüllten. „Was soll ich denn sonst tun? Ich kann ihm Eclipse nicht abkaufen. Es ist der einzige Weg, wie ich ihn schützen kann. Und vielleicht überlässt Macmillan ihn mir, wenn wir genügend Preisgelder für ihn gewonnen haben."

„Meinst du, das wird passieren? Ist doch viel besser, er behält Eclipse und du rackerst dich als sein Angestellter bei ihm ab."

Cyprian kaute verdrossen an seiner Unterlippe.

„Was ist mit der Schule?", fragte Zoe. „Willst du das alles aufgeben?"

„Das ist meine einzige Chance, Zoe", sagte Cyprian. „Oder hast du einen anderen Vorschlag?"

Bevor Zoe antworten konnte, erklang hinter ihnen ein lautes Wiehern. Shaman war ans Gatter getreten und streckte seinen schwarzen Kopf weit über die Absperrung, in Zoes Richtung.

„Shaman!" Sie stellte sich auf die Zehenspitzen und schlang ihre Arme um den Hals des schwarzen Mustangs. Und spürte, wie sie sofort ruhiger wurde.

„Er hat dich vermisst", sagte Cyprian. „Ich wollte

gestern mit ihm spazieren gehen, aber er hat sich geweigert, mich zu begleiten."

Als Zoe sich wieder von Shaman löste, sah sie, dass auch Chenoa und Tom an den Zaun getreten waren. Der kleine Tinker-Hengst stupste Zoe erwartungsvoll mit der Nase an.

„Du hast mich auch vermisst, oder?" Zoe wuschelte durch die lange Mähne des kleinen Pferdes.

„Na ja", sagte Cyprian. „Im Unterschied zu Shaman ist Tom eine treulose Tomate. Der ist ohne Zögern mit mir losgezogen. Wer ihn füttert, ist sein Freund."

Tom rieb seinen Kopf an Zoes Schulter und ließ zufrieden ein paar Pferdeäpfel fallen.

„Wie wär's mit einem kleinen Ausritt?", fragte Zoe Cyprian.

Er spähte skeptisch hoch zu den grauen Wolken. „Bis wir die Pferde gesattelt haben, fängt es bestimmt an zu schütten."

„Wer spricht denn von Satteln? So was haben wir doch nicht nötig."

Obwohl es in Snowfields nicht allzu gerne gesehen wurde, ritt Zoe Shaman häufig ohne Sattel und Zaumzeug. Sie wusste, dass es dem Hengst am liebsten war, wenn sie ihm die Trense ersparte.

„Vielleicht nimmst du Tom?", schlug sie Cyprian vor. „Der ist doch so verrückt nach dir."

Der kleine Tinker warf den Kopf in den Nacken, als hätte er verstanden, dass von ihm die Rede war.

„Wenn ich Tom reite, kann ich mitlaufen", erklärte Cyprian. „Ich glaube, Chenoa ist besser geeignet."

Sie galoppierten am Seeufer entlang – Zoe auf Shaman, Cyprian auf Chenoa –, als der Wolkenbruch losging. Wie eine Wand fiel der Regen vom Himmel. Innerhalb weniger Sekunden waren Reiter und Pferde bis auf die Knochen durchnässt. Ein kräftiger Wind trieb hohe Wellen über den See und drückte das weiche Gras zu Boden, sodass die Wiesen ebenfalls aussahen wie wogendes Wasser.

Cyprian drehte sich im Sattel zu Zoe um. „Sollen wir zurück?"

„Wieso?" Sie wischte eine nasse Haarsträhne aus ihrem Gesicht. „Es ist nur Regen. Und nasser können wir jetzt nicht mehr werden."

Er nickte und lehnte sich nach vorn über Chenoas Hals. Die Schimmelstute nahm den Impuls auf und beschleunigte ihr Tempo. Shaman stob hinterher.

Die Tropfen prasselten auf sie ein, aber Zoe bemerkte sie kaum. Sie spürte Shamans kraftvollen Körper, der sie trug, die Wärme, die von ihm aufstieg wie eine Verheißung.

Alles wird gut, dachte sie.

Nach einer halben Stunde hörte der Regen wieder auf. Sie galoppierten zum Schloss, rieben die dampfenden Pferde trocken und brachten sie auf die Koppel.

Zoe warf einen Blick auf ihr Handy. Kurz vor sechs.

„Sollen wir gleich in die Mensa?", fragte sie.

In den Ferien wurden die Mahlzeiten immer nur zu festen Zeiten serviert. Mittagessen gab es um eins, Abendessen um sechs. Wer später kam, ging leer aus.

„Ich kann uns auch was kochen", sagte Cyprian.

„Wo denn? In der Teeküche?"

„Bei Caleb. Ich darf sein Haus benutzen, während er auf Reisen ist."

Zoe duschte und zog sich um, dann machte sie sich auf den Weg zu dem kleinen Holzhaus ihres Lehrers.

Als Cyprian ihr die Tür öffnete, schlug ihr ein köstlicher Duft entgegen. Er hatte im Ofen Kartoffeln, Paprika und Zucchini geröstet und bereitete gerade einen Kräuterdip zu.

Im Kamin prasselte ein Feuer. Nach dem Regen hatte sich die Temperatur stark abgekühlt.

Sie setzten sich mit ihren Tellern vor den Kamin. Zoe merkte erst jetzt, wie hungrig sie war. Sie vertilgte ihr Gemüse in Windeseile und nahm sich einen Nachschlag, den sie genauso schnell verschlang. Es schmeckte so gut.

„Willst du noch mehr?", fragte Cyprian, als ihr Teller wieder leer war.

Sie schüttelte den Kopf. „Ich bin leider pappsatt. Wo hast du so gut kochen gelernt?"

„Von Caleb."

„Das musst du mir beibringen. Ich kann nur Rühreier. Und die brennen mir meistens an."

Er lachte. Dann stellte er auch seinen Teller weg, legte seinen Arm um sie und zog sie an sich.

„Danke, dass du gekommen bist", sagte er, ohne den Blick von den flackernden Flammen im Kamin zu wenden. „Ich war echt am Durchdrehen. Die Vorstellung, dass ich all das hinter mir lassen muss, um nach Portland zu gehen ..." Er verstummte.

Zoe legte ihren Kopf an seine Schulter. „Snowfields ohne dich – das geht doch gar nicht."

Er lachte traurig. Dann sah er sie an. „Zoe", begann er leise. „Ich wollte dir schon lange ..."

Weiter kam er nicht. Weil nämlich hinter ihnen die Tür aufsprang. Kühle Nachtluft drang in den Raum und ließ die Flammen im Kamin hell auflodern.

„Hier seid ihr!", rief eine vertraute Mädchenstimme. „Ich hab euch schon überall gesucht!"

Als Zoe herumfuhr, sah sie Cathy in der offenen Tür stehen. Ihre Haare, die vor einer Woche noch pink gewesen waren, leuchteten jetzt purpurrot – noch viel greller als die Flammen im Kamin.

„Cathy", sagte Cyprian. „Was machst du denn hier?" Er klang genauso begeistert, wie Zoe sich fühlte.

„Sorry, wenn ich störe." Cathy zog die Tür hinter sich zu. „Boah, da draußen ist es richtig ungemütlich." Sie hauchte in ihre Hände und rieb sie aneinander. „Was für ein Sauwetter! Dabei ist es August." Dann schnupperte sie. „Hm, hier riecht es aber lecker. Ist noch was übrig? Ich hab einen Bärenhunger!"

Cyprian erhob sich und ging zu der kleinen Küchenzeile, wo noch die Reste ihres Essens standen. „Allzu viel ist nicht mehr da, aber …"

„Ich nehme, was ich kriegen kann." Cathy ließ sich neben Zoe aufs Sofa plumpsen. „Ah! Ist das nett bei euch!"

„Wieso bist du hergekommen?" Zoe versuchte, sich ihre Genervtheit nicht anmerken zu lassen. Es gelang ihr nicht wirklich.

Cyprian reichte Cathy jetzt einen Teller mit den restlichen Ofenkartoffeln und dem Gemüse.

„Danke!" Sie riss ihm das Essen fast aus der Hand und fiel sofort darüber her.

Cyprian ließ sich in dem Sessel neben dem Kamin nieder.

„Ich hab vielleicht eine Tour hinter mir", erklärte Cathy mit vollem Mund. „Das könnt ihr euch gar nicht vorstellen. Ich bin heute Mittag in Seattle losgeflogen. Zwischenlandung in Vancouver. Eigentlich hatte ich gehofft, dass wir dann im gleichen Flieger sitzen, Zoe, aber mein Flugzeug bekam aus irgendeinem Grund keine Landeerlaubnis. Hab's dann mit knapper Not noch nach Whitehorse geschafft und musste mir ein sündhaft teures Taxi nehmen."

„Und warum bist du hier?", versuchte es Zoe erneut. „Als wir gestern Nacht telefoniert haben, hast du mir nichts davon erzählt."

„Natürlich nicht. Es sollte doch eine Überraschung sein."

Eine Überraschung. Die war allerdings gelungen. Zoe verdrehte die Augen, was Cathy nicht zur Kenntnis nahm, weil sie so auf ihr Essen fixiert war. Zoe hätte ihre Freundin schütteln können. So nah wie heute Abend war sie Cyprian noch nie gekommen und nun platzte Cathy hier rein und machte alles kaputt.

„Ich hab nämlich einen Superplan", fuhr Cathy fort. Sie versenkte eine volle Gabel mit Kartoffeln und Gemüse in ihrem Mund, kaute, schluckte und seufzte vor Genuss. „Ich weiß jetzt, wie wir an Eclipse rankommen."

Cyprian war zuerst irritiert, als ihm klar wurde, dass Zoe Cathy alles erzählt hatte. Aber seine Neugier auf das, was sie herausgefunden hatte, war zum Glück größer.

„In den nächsten Tagen finden in Macmillans Gestüt die Aufnahmeprüfungen für die Nachwuchs-Jockeys statt", erzählte Cathy, während sie den leeren Teller von sich schob und sich mit dem Handrücken den Mund abwischte. „Das Ganze passiert einmal im Jahr, immer Anfang August. Das Prozedere dauert zwei Tage und man muss alle möglichen Tests durchlaufen. Eine Reitprüfung, ein schriftliches Examen, Ausdauertests, Reiten auf dem Elektropferd und so weiter."

„Woher weißt du das denn?", fragte Cyprian. „Auf Macmillans Homepage stand doch gar nichts darüber, oder?"

„Es gab unter der Rubrik *Termine* eine kurze Notiz, dass die Aufnahmetests für die neuen Jockeys am siebten und achten August stattfinden. Am Donnerstag geht's also schon los. Leider sind die Anmeldefristen längst abgelaufen."

Zoe hörte nur mit einem Ohr zu. Die andere Hälfte von ihr war immer noch mit dem beschäftigt, was Cyprian zu ihr gesagt hatte, bevor Cathy hereingeplatzt war. Oder vielmehr: Was er ihr hatte sagen wollen.

Womöglich würde Zoe es nun nie erfahren.

Sie spürte Wut in sich aufsteigen und zwang sich, tief durchzuatmen. Cathy hatte es nicht böse gemeint, das war ihr klar. Sie war hergeflogen, weil sie Cyprian helfen wollte, Eclipse wiederzubekommen. Auch wenn Zoe immer noch keinen blassen Schimmer hatte, was ihre Freundin vorhatte. Cyprian ging es offenbar genauso.

„Sorry, aber ich versteh nicht, was das Ganze mit Eclipse zu tun hat", sagte er.

„Nun warte doch mal ab." Cathy holte in aller Seelenruhe einen Kaugummi aus der Tasche, wickelte ihn auf und schob ihn in den Mund. „Also", sagte sie dann gedehnt. „Die Aufnahmeprüfungen sind doch eine prima Gelegenheit, sich da einzuschleichen und mal ein bisschen in Macmillans Gestüt umzusehen. Und um herauszufinden, ob er seine Pferde wirklich quält."

„Und wie willst du dich da einschleichen?", fragte Cyprian.

„Na, ich mach einfach bei der Aufnahmeprüfung mit", erklärte Cathy.

„Du?", fragten Cyprian und Zoe wie aus einem Mund.

„Das ist ja wohl ein Witz." Zoe schüttelte den Kopf. „Du hast doch eben selbst gesagt, dass das Anmeldeverfahren längst abgeschlossen ist. Wie willst du da jetzt noch reinkommen?"

„Ich werde morgen einfach dort anrufen und fragen, ob ich noch einsteigen kann. Das klappt bestimmt."

„Du meinst, weil Macmillan deinen Dad kennt?", fragte Zoe.

„Quatsch. Ich muss mich unter falschem Namen anmelden. Ich brauch nämlich die Einverständniserklärung eines Erziehungsberechtigten, und die muss ich natürlich faken. Ich will auf keinen Fall riskieren, dass Macmillan Dad anruft – dann würde ich ja auffliegen."

Zoe blieb skeptisch. „Hast du keine Angst, dass er dich erkennt?"

„Nee." Cathy schüttelte den Kopf. „Als Macmillan mich das letzte Mal gesehen hat, war ich neun oder so. Und seitdem hab ich mich ziemlich verändert."

Cyprian runzelte die Stirn. „Also, ich weiß nicht."

„Aber ich. Ich färb mir sogar die Haare schwarz oder braun, irgendwas Spießiges, damit ich nicht so auffalle. Und nehm die Piercings raus. Das ist echt eine Zumutung, aber was tut man nicht alles für seine Freunde?"

„Wenn du nicht über Vitamin B reinkommst, wieso glaubst du dann, dass sie dich jetzt noch zulassen?", fragte Zoe.

„Weil sich bisher kaum jemand beworben hat." Cathy grinste wieder selbstzufrieden. „Ich bin gestern Nacht noch in ein paar Internet-Gruppen eingetreten, in der Jockeys ihre Erfahrungen austauschen. Es ist echt interessant, was man da erfährt. Jockey ist ein megaanstrengender, riskanter Beruf und nicht gerade super bezahlt, wenn du nicht zu den absoluten Stars in der Szene gehörst. Und dann dürfen Jockeys nicht schwerer als fünfundfünfzig Kilo werden. Kann man sich ja vorstellen, dass da viele von vornherein abwinken.

Keine Ahnung, wie Macmillan mit Pferden umgeht,

aber als Ausbilder hat er einen guten Ruf. Aus seinem Stall kommen die erfolgreichsten Jockeys. Trotzdem hat auch er ein enormes Nachwuchsproblem. Das haben die im Netz geschrieben."

„Und jetzt glaubst du, dass die so verzweifelt sind, dass sie jeden nehmen?", fragte Zoe.

„Ich muss sie eben davon überzeugen, dass ich richtig gut bin", sagte Cathy. „Also, ich werde morgen auf jeden Fall mal mein Glück versuchen. Die wären schließlich bescheuert, ein Supertalent wie mich abzulehnen, nur weil ich ein bisschen zu spät dran bin."

„Vergiss es", sagte Cyprian. „Wenn jemand bei dieser Aufnahmeprüfung mitmacht, bin es ja wohl ich. Schließlich geht es um mein Pferd. Und ich muss mir dafür nicht mal die Haare färben."

„Aber es ist ziemlich wahrscheinlich, dass Macmillan dich wiedererkennt und sich daran erinnert, dass Eclipse dein Pferd war. Und dann schnallt er doch sofort, warum du wirklich da bist." Cathy zuckte mit den Schultern. „Außerdem bist du zu groß. Das wird nichts, Cyprian."

„Bei dir aber auch nicht", beharrte Cyprian. „Du hast null Erfahrung im Galoppreiten. Du bist noch nie ein Rennen geritten."

„Wenn ich ein erfahrener Jockey wäre, bräuchte ich ja auch keine Ausbildung mehr zu machen", sagte

Cathy. „Ich war schon mal auf der Rennbahn und Reiten kann ich auch. Was ich sonst noch wissen muss, bringst du mir morgen bei. Die Prüfung ist schließlich erst am Donnerstag."

Cathy war einfach nicht wach zu kriegen.

Zoe hatte den Wecker auf halb sechs gestellt, genau wie sie es am Abend vereinbart hatten. Auch wenn Cathy nicht begeistert gewesen war, hatte sie doch eingesehen, dass sie jetzt keine Zeit verschwenden durften.

Doch nun versuchte Zoe schon über fünf Minuten lang, ihre Freundin zum Aufstehen zu bewegen. Aber alles, was sie bisher erreicht hatte, war, dass Cathy sich von der rechten auf die linke Seite gedreht und laut gestöhnt hatte.

„Okay", sagte Zoe entnervt. „Ich geh jetzt runter und helf Cyprian beim Satteln. Und wenn du in einer Viertelstunde nicht in der Halle bist, komm ich mit einem Eimer Wasser zurück."

„Mmmmmhhh." Cathy griff nach ihrem Kissen und zog es sich über den Kopf.

Zoe stampfte aus dem Raum und knallte die Tür hinter sich zu. Im Gegensatz zu Cathy war sie eine Frühaufsteherin, ihre Laune war dennoch am Nullpunkt. Das Ganze fing ja schon mal super an! Wieso konnte Cathy sich nicht zusammenreißen und einfach aufstehen? Sie wusste doch genau, was für Cyprian auf dem Spiel stand.

Als Zoe durch das große Eingangstor auf die Steinbrücke trat, ging über den Bergen gerade die Sonne auf. Sie tauchte die schneebedeckten Gipfel in ein leuchtendes Licht. Es sah aus wie rosafarbener Zuckerguss auf einer Torte. Über den Wiesen am See lag Morgennebel, nur hier und da ragten ein Baum oder ein Busch aus dem weißen Dunst.

Von einer Sekunde auf die andere war Zoes schlechte Laune verflogen. Sie blieb einen Moment lang stehen, schloss die Augen und atmete tief ein. Snowfields war der beste Ort der Welt, dachte sie, nirgends sonst fühlte sie sich so gut.

Während sie zur Pferdekoppel hinunterging, wanderten ihre Gedanken zu Cyprian. Er hing genauso sehr wie sie an Snowfields. Cyprian hatte schließlich keine Eltern mehr, die sich um ihn kümmerten. Außer Caleb gab es niemanden, der für ihn sorgte.

Und dennoch war er fest entschlossen, all das aufzugeben – die Schule, die Pferdeflüsterer-Klasse, seine Freunde –, um als Jockey von einem Derby zum nächsten zu reisen und bei Galopprennen zu starten, die ihm eigentlich total zuwider waren.

Für Eclipse würde er jedes Opfer bringen.

Auch wenn sich herausstellt, dass Joseph Macmillan der absolute Saubermann ist, wird Cyprian sich niemals damit abfinden, dass er Eclipse verloren hat, dachte Zoe. Er würde erst zur Ruhe kommen, wenn der Hengst wieder bei ihm wäre. Und wie sollte er Macmillan dazu bewegen, Eclipse aufzugeben?

Cyprian wartete bereits unten an der Koppel. Über seinem Arm hingen ein Sattel und eine Pferdedecke.

„Wo ist denn Cathy?", fragte er anstelle einer Begrüßung.

„Die hab ich nicht wach gekriegt." Zoe seufzte. „Wir machen jetzt erst mal ihr Pferd fertig. Ich hoffe, dass sie dann gleich in die Halle kommt."

„Na super." Cyprian zog eine Grimasse.

„Welches Pferd sollen wir nehmen?", fragte Zoe. „Hast du dir das schon überlegt?"

„Ich hab an Funky gedacht. Der kommt von der Statur einem Englischen Vollblut am nächsten", sagte Cyprian. „Die Frage ist nur, ob wir ihn auf die Schnelle finden."

Die Schulpferde waren in Snowfields das ganze Jahr über im Freien. Und im Sommer standen auch die meisten Privatpferde der Schüler auf der Koppel, sofern ihre Besitzer sie über die Ferien nicht mit nach Hause genommen hatten. Dementsprechend groß war die Pferdeweide. Und zu allem Überfluss lag noch der Morgennebel über der Wiese und nahm ihnen die Sicht.

„Wir versuchen einfach mal unser Glück." Zoe öffnete das Tor und trat auf die Koppel. Cyprian legte seine Ausrüstung auf dem Bretterzaun ab und folgte ihr.

„Wieso hast du den Sattel hier runtergebracht?", fragte Zoe.

„Das ist mein alter. Ich glaube, hier in Snowfields haben sie gar keine Jockey-Ausrüstung."

„Können wir denn nicht einfach einen normalen Sattel nehmen?"

Cyprian lachte. „Das ist ein großer Unterschied, das wirst du gleich merken."

In diesem Moment trat Shaman aus den weißen Nebelfetzen, die über die Pferdekoppel trieben. Einen Augenblick lang stand er ganz still, den Kopf hoch erhoben, die Nüstern gebläht. Vor der dunstverhangenen Wiese wirkte er fast bedrohlich.

Zoe schnalzte mit der Zunge und streckte die Hand aus. Da trabte er auf sie zu.

Er begrüßte sie mit einem leisen, rollenden Geräusch, das tief aus seinem Inneren kam. Sie schmiegte ihren Kopf an seinen Hals und spürte seinen ruhigen Pulsschlag. Aus dem Augenwinkel sah sie Cyprians

Blick. Wie wehmütig er sie und Shaman betrachtete. Sie wusste, dass er an Eclipse dachte. Und dass er sich fragte, ob er ihn jemals wieder ganz für sich haben würde.

Cyprian hatte Funky gefunden und dem Holsteiner ein Halfter umgelegt. Nun stand der Hengst am Sattelplatz und hielt ganz still, während Cyprian die Satteldecke auffaltete und auf seinem Rücken platzierte.

„Hätte nicht gedacht, dass ich das Zeug noch mal brauche", hörte Zoe ihn murmeln.

„Was sind das denn für seltsame Taschen an der Decke?" Zoe zeigte auf die Ledervertiefungen am Rand der Decke.

„Die sind für die Gewichte", erklärte Cyprian. „Bei manchen Rennen beladen sie die besten Pferde mit zusätzlichen Gewichten. Damit es spannender wird."

„Das sollten sie mal beim Hundert-Meter-Lauf einführen", sagte Zoe. „Die schnellsten Läufer kriegen einen Rucksack voller Steine umgeschnallt. Damit es spannender wird. Da wär was los."

„Mit den Tieren können sie es ja machen." Cyprian seufzte leise. „Eclipse haben sie mal fünfzig zusätzliche Kilo aufgeladen. Weil er fünf Rennen nacheinander gewonnen hatte."

„Und? Hat er danach verloren?"

Cyprian schüttelte den Kopf, sein Gesicht wirkte zugleich stolz und beschämt. „Ich kann heute gar nicht mehr fassen, dass ich ihm das so lange angetan habe. Dieser Stress. Furchtbar."

„Heute trainieren wir jedenfalls ohne Gewichte", sagte Zoe. „Vielleicht sogar ohne Reiter, wenn Cathy nicht langsam mal aufkreuzt."

Cyprian legte den Sattel auf die Decke. Er war viel kleiner und leichter als ein normaler Sattel, außerdem ragte das Sattelblatt extrem weit nach vorn.

„Wie um alles in der Welt soll man darauf sitzen?", wunderte sich Zoe.

„Gar nicht", sagte Cyprian. „Hast du noch nie ein Galopprennen gesehen? Die Jockeys knien eher auf den Pferden. Bequem ist was anderes, das kann ich dir sagen."

Zoe trenste Funky auf, dann führten sie den Hengst in die kleine Reithalle.

An der Brüstung, die den Reitplatz von den Zuschauerbänken trennte, lehnte Cathy. Ihr Gesicht war ganz blass vor Müdigkeit.

Als sie Cyprian und Zoe sah, gähnte sie erst mal herzhaft.

„Da seid ihr ja endlich!", rief sie. „Ich warte schon seit einer Ewigkeit auf euch."

„Dann hättest du dein Pferd ja selbst satteln können", erwiderte Cyprian. „Bitte schön, gnädige Frau." Mit einem süffisanten Lächeln reichte er ihr die Zügel.

Das kann ja heiter werden, dachte Zoe.

*T*ief in ihm verborgen war die Erinnerung an sein erstes Leben. Er erinnerte sich an Gras unter seinen Hufen. An Regen auf seinem Fell. An die Sonne und an den Wind.

Er erinnerte sich an den Jungen. An seine Augen, die so hell waren wie der Himmel hinter dem Fenster am Mittag.

Wenn er in seiner Box stand und an die Bretterwand starrte und der Himmel über ihm abwechselnd hell und dunkel wurde, hörte er manchmal die Stimme des Jungen. Wie er mit der Zunge schnalzte und seinen Namen rief.

Der Junge mit den Himmelsaugen war vom Anbeginn der Zeit bei ihm gewesen. Der Junge hatte ihm versprochen, immer bei ihm zu bleiben. Du und ich, wir gehören zusammen, hatte er ihm versichert, mit jeder seiner Bewegungen, mit jedem seiner Blicke, mit jedem Laut, den er von sich gab.

Und er hatte dem Jungen vertraut und ihm geglaubt. Bis die Männer kamen und ihn in einen dunklen Kasten trieben und wegbrachten.

Die Erinnerungen an sein erstes Leben waren tief in seinem Inneren verborgen, aber sie wurden mit jedem Tag dünner und schwächer. Irgendwann würden sie verfliegen wie der Geruch von Regen in der Sonne.

Tag für Tag starrte er auf die Bretterwand, die ihn umgab. Und merkte, wie er sein erstes Leben nach und nach verlor. Vielleicht hatte es den Jungen nie gegeben, vielleicht hatte er den Wind und den Regen nie gespürt. Vielleicht gab es gar keine Welt außerhalb seines Verschlags.

Das Training war eine Katastrophe. Cyprian und Cathy verstanden sich normalerweise wirklich gut, aber als Lehrer und Reitschülerin konnten sie überhaupt nicht miteinander. Das lag daran, dass Cathy der ungeduldigste Mensch der Welt war – und Cyprian ein Perfektionist.

Nachdem Cathy aufgestiegen war, verbrachte er eine gute halbe Stunde damit, ihre Haltung zu korrigieren. Der Rennsattel war allerdings auch wirklich gewöhnungsbedürftig. Die Steigbügel waren so kurz eingestellt, dass der Reiter nicht saß, sondern im Sattel hockte. Die Knie ragten weit nach vorn, der Po schwebte fast einen halben Meter über dem Sattel, der Oberkörper lag über dem Pferdehals.

„Okay, ich hab's jetzt kapiert", sagte Cathy, nachdem Cyprian nun schon zum wiederholten Mal ihre Fußhaltung bemängelt hatte.

„Wenn du's kapiert hast, warum machst du es dann immer noch falsch?", fragte Cyprian. „Du darfst die Absätze nicht so weit nach oben nehmen. Sonst rutschen deine Knie zu weit nach vorn und du verlierst das Gleichgewicht."

Cathy rollte mit den Augen und korrigierte ihre Fußstellung. „Kann ich jetzt endlich mal losreiten?"

„Die Handhaltung", sagte Cyprian. „Was hab ich dir über die Zügelführung gesagt? Wenn die Basics nicht stimmen, wird das auch mit dem Rest nichts."

„Mann, Cyprian!", fauchte Cathy. „Ich muss kein Derby gewinnen. Ich will einfach nur bei dieser bescheuerten Aufnahmeprüfung mitmachen."

„Mit deiner Einstellung wird das aber nichts", erwiderte Cyprian. „Wenn Macmillan dich so auf dem Pferd sitzen sieht, schickt er dich sofort nach Hause."

„Ich lern das schon, sobald ich ein paar Meter geritten bin. Ich muss Funky unter mir spüren, sonst krieg ich kein Gefühl für die Sache."

Cyprian war nicht überzeugt, aber er gab widerwillig nach. Und sah mit verschränkten Armen und gerunzelter Stirn dabei zu, wie Cathy in der Reithalle ihre Runden drehte. Erst im Schritt, dann im Trab.

„Geht doch schon besser!", rief sie Cyprian zu.

„Siehst du, ich muss es nur auf meine Weise machen, dann klappt es auch."

Diesmal war Cyprians Gesichtsausdruck nicht undurchdringlich, die steile Falte über seiner Nasenwurzel zeigte deutlich, was er von Cathys Fortschritten hielt. Nämlich nichts.

„Die Füße stehen total falsch", hörte Zoe ihn murmeln.

Sie stand auf und klatschte in die Hände.

Cathy brachte Funky zum Stehen und sah sie irritiert an. „Willst du jetzt auch an mir rummeckern?", fragte sie genervt. „Ich bin gerade so gut im Flow."

„Dann fließ weiter", sagte Zoe. „Ich geh jetzt frühstücken. Ist nämlich gleich neun."

In der Mensa teilte Cathy Cyprian mit, dass sie nach dem Frühstück mit Funky ins Gelände wollte.

Er sah sie entgeistert an. „Wie bitte? Was willst du?"

„Raus. Die Rennen finden schließlich auch alle draußen statt, oder seh ich das falsch?"

Cyprian hatte gerade seine Tasse gehoben, um zu trinken. Nun starrte er mit gerunzelter Stirn in seinen Tee, als suchte er dort etwas. „Wir haben hier in Snowfields keine Rennbahn", sagte er schließlich betont ruhig.

„Das ist mir klar." Cathys Stimme klang ebenfalls

ruhig, sie war jedoch nicht ruhig, das wusste Zoe ganz genau. Die Wangen ihrer Freundin glühten rot. Cathy stand kurz vor dem Explodieren. „Ich glaube aber, dass ich draußen besser trainieren kann als in der Halle. Die ist doch viel zu klein für einen richtigen Galopp."

„Für einen richtigen Galopp bist du noch nicht fit genug", erwiderte Cyprian. „Deine Haltung …", weiter kam er nicht.

„Lass mich in Ruhe mit dieser beknackten Haltung!", fuhr ihn Cathy an. „Ich hab es dir vorhin schon gesagt, aber ich wiederhol es gerne noch mal: Ich lern das Ganze auf meine Weise."

Cyprian setzte seine Tasse mit einem leisen Klirren auf den Unterteller, obwohl er noch gar nichts getrunken hatte. „Wenn du das Ganze auf deine Weise lernst, brauchst du mich auch nicht."

„Kapier's doch endlich, Cyprian! Mit deinem ständigen Gemeckere hilfst du mir nicht. Das verunsichert mich nur", zischte Cathy.

Cyprian stand auf und nahm sein Tablett, dabei hatte er sein Frühstück kaum angerührt. „Mach doch, was du willst", sagte er kühl. Und dann ging er weg.

„Na super", sagte Zoe. „Das hast du ja großartig hingekriegt, Cathy."

„Jetzt fängst du auch noch an, auf mir rumzuhacken." Cathys Stimme klang plötzlich nicht mehr wütend. Ihre Augen glänzten verdächtig. Sie stützte ihre Ellenbogen auf den Tisch und legte das Gesicht in die Hände. „Wieso unterstützt mich hier keiner?"

„Das tun wir doch", versicherte Zoe. „Aber beim Galopptraining kann ich dir nicht helfen. Davon versteh ich so viel wie vom Wasserballett."

Cathy nagte an ihrer Unterlippe.

„Komm schon, Cath", sagte Zoe. „Gib dir einen Ruck. Du musst Cyprian wieder zurückholen. Wir brauchen ihn."

„Wir brauchen ihn?" Nun verschwand die Unsicherheit wieder aus Cathys Gesicht und die Wut kehrte zurück. „Hast du sie noch alle? Für wen veranstalten wir hier eigentlich diesen Zirkus? Für Cyprian. Ich bin extra hierhergeflogen, um ihm zu helfen. Aber anstatt mir dankbar zu sein, macht er mich an und schikaniert mich."

Zoe unterdrückte ein Stöhnen. „Willst du aufgeben?", fragte sie.

„Aufgeben?" Cathys Augen blitzten. „Du spinnst ja wohl. Wir ziehen das durch." Sie erhob sich. „Ich ruf jetzt in diesem Gestüt an und bequatsch die so lange, bis sie mich zu der Aufnahmeprüfung zulassen. Danach buch ich den Flug nach Portland. Und dann wird trainiert bis zum Umfallen. Ich schaff das auch ohne Cyprian, das wäre doch gelacht."

Sie ließ ihr Frühstück stehen und stürmte aus der Mensa. Seufzend räumte Zoe die Tabletts weg.

Vielleicht machte Macmillan Cathy ja einen Strich durch die Rechnung. Wenn sie nicht bei der Aufnahmeprüfung mitmachen durfte, konnten sie sich den Stress hier sparen. Und dann? Plan B, dachte Zoe. Cyprian würde sich bei Macmillan als Jockey bewerben – und falls der Galopptrainer ihn nahm, wäre Snowfields für Cyprian Vergangenheit. Und Cyprian für Zoe ebenfalls, sie würden sich so gut wie nie sehen.

Die Vorstellung war so schrecklich, dass Zoe sie mit aller Macht verdrängte.

Als sie die Mensa verließ, sah sie Cathy auf einer der Fensterbänke im Flur sitzen.

„Super", hörte Zoe sie sagen. „Ich schick Ihnen die Unterlagen heute noch zu. Dann bis übermorgen." Sie legte auf und reckte eine geballte Faust in die Höhe. „Ja!"

„Bist du dabei?"

„Logo!" Cathy sprang mit einem eleganten Satz zu Boden. „Wenn ich was will, schaff ich es auch."

„Hast du mit Joseph Macmillan gesprochen?"

„Nee, ich denke, das war die Sekretärin. Auf jeden Fall hat sie sich total angestellt. Die wollte mich absolut nicht mehr reinnehmen. Wahrscheinlich hatte sie einfach keinen Bock auf die zusätzliche Arbeit. Ich hab gelabert und gelabert und am Ende ist sie eingeknickt. Ich muss heute noch das Anmeldeformular ausfüllen und ihr zuschicken und sie braucht eine Kopie meines Ausweises. Den Rest kann ich später einreichen."

„Wenn du eine Ausweiskopie schickst, weiß Macmillan aber sofort, dass du Cathy Summerville bist."

„Deshalb kopier ich ja auch nicht meinen Ausweis, sondern deinen."

„Was? Du willst dich unter meinem Namen anmelden?" Zoe sah ihre Freundin verdattert an.

„Hab ich schon getan. Also, am Telefon hab ich mich auch für dich ausgegeben. Sorry, aber auf die Schnelle fiel mir nichts Besseres ein."

„Da kann man nur hoffen, dass es keine Klassikfans in diesem Gestüt gibt. Die würden nämlich sofort merken, dass du nicht Zoe Deventer bist."

„Daran hab ich überhaupt nicht gedacht", gab Cathy betroffen zu. „Ich vergesse immer wieder, dass du ein Star bist."

„War", korrigierte sie Zoe. „Komm, wir erledigen das mit der Anmeldung gleich. Und dann …"

„… geht es lo-hos!", juchzte Cathy. „Kann es gar nicht erwarten, mit Funky über die Wiese zu galoppieren."

Vielleicht war es ja gar keine so schlechte Idee, dass

Cathy sich erst mal richtig auspowerte und Dampf abließ, dachte Zoe. Wenn sie merkte, dass sie ohne Cyprian nicht weiterkam, würde sie bestimmt wieder einlenken.

Zoe änderte ihre Meinung, als sie sah, wie Cathy mit Funky über die große Wiese trabte, die sich zwischen dem Schloss und dem Wald ausdehnte. Das Gelände war voller Unebenheiten – Maulwurfshügel, dicke Wurzeln, Steine und Triebe.

Cathy war das natürlich bewusst, sie war schon oft über die Wiese geritten. Aber heute saß sie nicht auf ihrem Wallach Summer, sondern auf einem Pferd, das sie kaum kannte. Und hatte statt ihres gewohnten Sattels dieses kleine, spitze Lederstück unter sich, das ihr überhaupt keinen Halt gab.

Es wirkte halsbrecherisch, wie Cathy über dem Pferderücken schwebte, die Füße in die Steigbügel gestemmt, den Oberkörper tief nach vorn gebeugt.

„Bleib im Trab!", rief Zoe ihr zu. „Du weißt nicht, wie Funky reagiert."

„Bei der Prüfung kenn ich mein Pferd auch nicht", gab Cathy zurück. „Keine Bange, ich weiß, was ich tue."

Was für eine Selbstüberschätzung. Wenn das Ganze nicht so gefährlich gewesen wäre, hätte Zoe laut gelacht. Am liebsten wäre sie jetzt ebenfalls abgehauen wie Cyprian. Oder hätte wenigstens weggesehen. Aber sie schaffte es nicht, den Blick von Cathy abzuwenden. Sie sah, wie sie ihre Unterschenkel noch fester gegen Funkys Körper presste und dabei die Zügel freigab.

„Vorsichtig!", mahnte Zoe, doch der Ausruf ging in lautem Hufgetrappel unter.

Funky hatte Cathys Signale aufgenommen und stürmte los. Der Hengst war schnell, viel schneller, als Zoe vermutet hatte. Auch Cathy war überrascht von dem Tempo, das der große Holsteiner vorlegte.

„Wuuuhuuu!", schrie sie. „Der hat's echt drauf!"

Zoe öffnete den Mund, um sie noch einmal zu warnen, aber dann klappte sie ihn wieder zu. Es hatte keinen Sinn, Cathy würde sie gar nicht hören. Und wenn sie sie hörte, würden Zoes Ermahnungen sie nur dazu anstacheln, noch schneller und waghalsiger zu reiten.

Cathy liebte das Risiko. Und sie hielt sich für unverletzlich.

Zoes Hände verkrampften sich ineinander, während sie dabei zusah, wie ihre Freundin über die Wiese flog. Anstatt den Hengst zu zügeln, trieb sie ihn noch weiter an. Und Funky gab alles, seine Hufe hämmerten dumpf auf dem Boden, Grasbüschel und Erde flogen in alle Richtungen. Der Hals des Holsteiners glänzte vor Schweiß.

Cathys Haltung, das war nicht zu übersehen, stimmte überhaupt nicht. Ihre Absätze standen fast senkrecht über den Spitzen ihrer Reitstiefel, die Knie lagen an Funkys Hals, ihr Oberkörper kippte immer weiter nach vorn.

Das kann nicht gut gehen, dachte Zoe.

Es ging auch nicht gut. Vor Funky tauchte plötzlich ein kleiner Busch auf, den weder der Hengst noch Cathy gesehen hatten. Geistesgegenwärtig setzte Funky darüber hinweg. Als seine Hinterläufe von der Erde abhoben, verlor Cathy den Halt und wurde über den Pferdehals zu Boden katapultiert. Um ein Haar hätten sie Funkys Hufe am Kopf getroffen, im letzten Moment konnte sie sich zur Seite rollen. Mit schmerzverzerrtem Gesicht blieb sie liegen.

„Cath! Um Gottes willen!" Zoe wäre fast selbst gestürzt, so schnell rannte sie auf ihre Freundin zu.

Bevor sie Cathy erreicht hatte, hatte diese sich bereits auf die Ellenbogen aufgestützt. „Verdammt", stöhnte sie leise.

„Hast du dir was gebrochen?", keuchte Zoe.

„Quatsch." Cathy winkte ab. „Ich doch nicht." Sie biss die Zähne zusammen und wollte aufstehen, aber als sie ihr rechtes Bein belastete, stieß sie einen Schmerzensschrei aus. „Mist!" Sie ließ sich wieder zu Boden sinken. „Es geht nicht."

Auch mit Zoes Hilfe schaffte Cathy es nicht, sich aufzurichten.

„Ich weiß überhaupt nicht, wie das passieren konnte", jammerte sie. Das hätte Zoe ihr erklären können, aber sie verkniff sich jeden Kommentar.

„Du musst Funky für mich einfangen", ächzte Cathy.

„Ich glaub nicht, dass der abhaut", sagte Zoe. Der Holsteiner stand wenige Meter von ihnen entfernt und graste in aller Seelenruhe. „Du bist jetzt erst mal wichtiger."

Zoe zog ihr Handy aus der Tasche und rief Cyprian an.

„Schlimm?", fragte er nur, als er hörte, was passiert war.

„Keine Ahnung. Vielleicht ist ihr Bein gebrochen. Weißt du, ob Mrs. Peacock da ist?"

Die Krankenschwester leitete die Krankenstation in der Snowfields Academy.

„Ich glaube schon. Wo seid ihr?"

„Auf der Wiese hinter dem alten Stall. Ich lauf jetzt zum Schloss und suche Mrs. Peacock. Kannst du herkommen und dich um Funky kümmern?"

„Bin schon unterwegs."

10

Mrs. Peacock war eine große, stämmige Frau mit kurzen grauen Haaren. Als Zoe ihr erzählte, was passiert war, presste sie missbilligend die Lippen zusammen.

„Das kommt von der wilden Reiterei", sagte sie.

Wenn es nach der Krankenschwester gegangen wäre, hätten die Schüler ihre Pferde nur in Ganzkörperschutzanzügen besteigen dürfen. Oder noch besser: gar nicht.

Zoe wunderte sich immer wieder darüber, dass Mrs. Peacock ausgerechnet in einem Reiterinternat arbeitete. Aber vielleicht betrachtete es die Krankenschwester ja als ihre Mission, möglichst viele Menschenleben vor dem sicheren Verderben zu retten.

Nachdem sie Zoe zur Wiese gefolgt war und Cathys

verletztes Bein untersucht hatte, zückte Mrs. Peacock ihr Handy. „Das Bein muss geröntgt werden. Ich rufe einen Krankenwagen."

„Das ist doch überhaupt nicht nötig", meuterte Cathy. „Da ist bestimmt nur was verstaucht. Können wir nicht erst mal …"

„Ruhe!" Mrs. Peacock hob die Hand, um sie zum Schweigen zu bringen.

Zu Zoes Überraschung gehorchte Cathy sofort. Das war ein sicheres Zeichen dafür, dass es ihr wirklich nicht gut ging.

„Soll ich deine Eltern anrufen?", fragte die Krankenschwester, nachdem sie mit der Notaufnahme des Krankenhauses in Whitehorse gesprochen hatte.

„Auf keinen Fall!", rief Cathy erschrocken.

„Ach. Und wieso nicht?" Mrs. Peacock musterte sie misstrauisch.

Cathy räusperte sich. Genau wie Zoes Eltern hatte auch ihre Mutter keine Ahnung, dass Cathy in Snowfields war. Cathy hatte ihr erzählt, dass sie Zoe in Vancouver besuchen wollte.

„Ich ruf sie lieber selbst an", erklärte sie. „Meine Mom ist total ängstlich, ich muss ihr das schonend beibringen."

„Meinetwegen." Mrs. Peacock steckte ihr Handy in die Tasche ihres weißen Kittels.

„Kann ich Cathy ins Krankenhaus begleiten?", fragte Zoe.

„Wenn du ein Taxi nimmst", sagte Mrs. Peacock. „Im Krankenwagen lassen sie dich bestimmt nicht mitfahren."

„Vergiss es!", rief Cathy. „Ich will nicht, dass du mitkommst, Zoe. Du musst jetzt hier weitermachen."

„Weitermachen – womit?" Die buschigen Augenbrauen der Krankenschwester zogen sich zu einem Balken zusammen. „Mit dem Stürzen und Beinebrechen?"

„Quatsch." Cathy grinste schief. „So was würde Zoe doch niemals tun."

Nachdem die Sanitäter Cathy in den Krankenwagen verfrachtet hatten und abgefahren waren, sah Zoe Cyprian an.

„Und nun?"

„Nichts." Er schüttelte den Kopf. „Das war ein klares Zeichen. Jetzt ist Schluss."

„Ein Zeichen? Wirst du langsam abergläubisch oder was?"

„Die Idee mit der Jockey-Prüfung war von Anfang an Blödsinn."

„Warum?", fragte Zoe. „Es ist der einfachste Weg, um auf Macmillans Hof zu kommen. Cathy hat sich unter meinem Namen angemeldet. *Das* war ein Zeichen. Ich werde an ihrer Stelle dahinfliegen."

„Das ist Unsinn, Zoe. Die Prüfung beginnt übermorgen. Du müsstest morgen früh hinfliegen, um rechtzeitig da zu sein. Und du weißt nichts über Galopprennen."

„Ich weiß eine ganze Menge", widersprach Zoe. „Ich hab schließlich heute Morgen beim Training zugeguckt. Außerdem ist es doch vollkommen unwichtig, wie gut oder schlecht ich abschneide. Ich will ohnehin kein Jockey werden. Und wenn Macmillan mich nach ein paar Stunden wieder rausschmeißt, hab ich mir immerhin schon einen Eindruck verschafft."

Cyprian zögerte.

„Wir haben nichts zu verlieren", sagte Zoe. „Ich werde mich vermutlich komplett lächerlich machen, aber das kann dir ja egal sein."

„Ich weiß nicht."

„Aber ich", sagte Zoe. „Los geht's!"

Funky, den Cyprian inzwischen abgesattelt hatte, hatte sich irgendwo an den hintersten Rand der Weide verzogen. Er hatte ganz offensichtlich keine Lust auf ein weiteres Galopptraining. Also zäumte Zoe Shaman auf und führte ihn in die Reithalle.

Eine Dreiviertelstunde später brannten ihre Oberschenkel und sie war völlig nass geschwitzt. Sie fühlte sich, als habe sie noch nie im Leben auf einem Pferd gesessen. Dabei hatte Shaman sich kaum in Bewegung gesetzt.

Genau wie bei Cathy konzentrierte sich Cyprian auch bei Zoe auf ihre Körperhaltung. Die Füße in die Steigbügel gestemmt, ließ er sie in den Knien wippen.

„Im Galopp musst du die Bewegung des Pferdes nachvollziehen", erklärte er. „Wenn Shaman sich lang macht und sein Kopf nach vorn geht, streckst du die Arme, und in der Gegenbewegung ziehst du sie an. Wir versuchen das mal im Trab."

Zoe war genauso ungeduldig wie Cathy. Sie fand es furchtbar anstrengend, dass Cyprian sie alle paar Minuten anhalten ließ, um ihre Zügelhaltung zu kontrollieren oder ihre Stiefelspitzen nach oben zu drücken.

Aber im Gegensatz zu Cathy war sie an Cyprians Arbeitsweise gewöhnt. Als sie im letzten Schuljahr nach Snowfields gekommen war, hatte sie als einzige Schülerin in der Pferdeflüsterer-Klasse nicht reiten können. Deshalb hatte Cyprian ihr zusätzlich zum normalen Unterricht Reitstunden gegeben. Genau wie heute hatte sie auch damals das Gefühl gehabt, dass sie überhaupt keine Fortschritte machte. Und dass Cyprian sie eher behinderte, als dass er sie weiterbrachte.

Aber das stimmte nicht, das war ihr im Nachhinein klar geworden. Sie hatte von Cyprians gründlichen Anweisungen unendlich profitiert.

Sie trainierten bis um sechs, dann gab es Abendessen. Zoe hätte es am liebsten ausfallen lassen, doch Cyprian wollte nichts davon hören.

„Ich bin hungrig und du musst auch was essen", sagte er. „Wir gehen jetzt in die Mensa. Und danach buchen wir die Flüge."

„*Die* Flüge?", wiederholte sie. „Kommst du mit?"

„Na klar. Meinst du, ich lass dich allein dorthin? Ich übernachte auf dem Campingplatz oder in einem Hostel. Und wenn was ist …"

„… kommst du angeflogen und rettest mich", beendete sie den Satz. Es sollte ein Scherz sein, aber Cyprian ging nicht darauf ein. Mit den Spitzen seiner Stiefel malte er Schlangenlinien in die Sägespäne, die den Boden bedeckten.

„Ich hasse Macmillan", sagte er, ohne Zoe dabei anzusehen.

„Du kennst ihn gar nicht", erwiderte Zoe ruhig. „Dieses eine Erlebnis mit ihm sagt noch gar nichts. Wir sollten offen an die Sache rangehen."

Er nickte, aber er war nicht überzeugt, das sah sie ihm an.

Nachdem sie gegessen und die Flüge gebucht hatten, wollte Zoe wieder zurück in die Reithalle, doch Cyprian schüttelte den Kopf.

„Genug für heute."

„Wie bitte? Wir müssen noch weitermachen! Morgen können wir nicht mehr trainieren. Mrs. Apple will um sechs Uhr los."

Die Schulsekretärin stammte aus Whitehorse und wollte für ein verlängertes Wochenende zu ihrer Familie. Sie hatte angeboten, Zoe und Cyprian mitzunehmen, als sie hörte, dass diese zum Flughafen mussten.

„Du hast genug trainiert. Lass uns lieber ein bisschen spazieren gehen."

„Das ist nicht dein Ernst, Cyprian." Zoe lachte ungläubig. „Ich bin noch kein einziges Mal richtig galoppiert."

„Das musst du bei der Prüfung wahrscheinlich auch nicht."

„Hä? Wie will Macmillan denn sonst rauskriegen, ob wir reiten können, oder nicht?"

„Er setzt euch aufs Elektropferd. Das wirft einen nicht ab und man sieht mindestens genauso gut, was ein Reiter draufhat. Da kommt's nämlich auf die Grundlagen an. Und die beherrschst du ja jetzt." Er zog eine Grimasse. „Na ja, zumindest einigermaßen."

„Du machst mir Mut", sagte Zoe.

„Dabei sein ist alles." Er grinste sie aufmunternd an. „Also, wie sieht's aus? Ich muss Lucky noch ein bisschen bewegen. Begleitest du mich?"

Zoe nahm sowohl Shaman als auch Tom mit auf den Spaziergang. Der kleine Tinker-Hengst war ihr so beharrlich zum Ausgang der Weide gefolgt, dass sie es nicht übers Herz brachte, ihn zurückzulassen.

Als sie den Wald gerade erreicht hatten, klingelte ihr Handy.

„Cathy hier", meldete sich ihre Freundin.

„Hi! Wie geht's dir, du Unglücksrabe?"

„Na ja, so lala. Mein Unterschenkel ist gebrochen. Ich muss erst mal ein paar Tage hier bleiben."

„Oje", sagte Zoe betroffen.

„Und die können mir nicht sagen, wann ich wieder reiten darf." Cathy stöhnte.

„Du Arme. Wenn ich diese Prüfung in Portland hinter mich gebracht habe, komm ich dich besuchen", versprach Zoe.

„Du fliegst also nach Portland?", fragte Cathy. „Find ich gut." Sie zögerte einen Moment lang. „Hör mal, als ich mit dieser Sekretärin gesprochen habe, hab ich vielleicht ein wenig übertrieben."

„Wie jetzt?" In Zoes Kopf begann eine Alarmlampe zu blinken.

„Also, ich hab ihr erzählt, dass ich früher erfolgreich Ponyrennen geritten bin und schon ziemlich viel Erfahrung habe. Und dass ich mit … na, ist ja auch egal. Ich musste ein bisschen hochstapeln, sonst hätte sie mich nicht mehr reingelassen."

„Na super! Und jetzt kreuz ich da auf und hab keinen blassen Schimmer von nichts."

„Du machst das schon", sagte Cathy.

„Schön, dass du dir da so sicher bist."

„Melde dich, wenn du alles überstanden hast. Aber besuchen brauchst du mich nicht. Ich hab Mom vorhin angerufen und ihr alles gebeichtet – dass ich hier war und nicht bei dir und so. Sie kommt übermorgen her und holt mich ab."

„Was ist mit meinen Eltern?", fragte Zoe erschrocken. „Wissen die jetzt auch Bescheid?"

„Natürlich nicht! Von uns erfahren sie bestimmt nichts."

„Okay", sagte Zoe. „Also dann, alles Gute."

„Das wünsch ich dir auch", erwiderte Cathy. „Toi, toi, toi, Zoe!"

Ihre Reise nach Portland dauerte neun Stunden. Sie flogen über Vancouver, wo sie dreieinhalb Stunden Aufenthalt hatten, die sie am Flughafen totschlugen. Es war absurd, die Zeit hätte locker gereicht, um zu

Zoe nach Hause zu fahren und dort zu Mittag zu essen. Aber ihre Eltern durften ja nicht wissen, dass sie hier war und was sie vorhatte.

Mit schlechtem Gewissen rief Zoe ihre Mom vom Flughafengebäude aus an und log ihr etwas von den herrlichen Ferien mit Cathy in Seattle vor. Als sie auflegte, war ihr ein bisschen übel.

Bei ihrer Landung in Portland war es halb fünf. Cyprian würde in einem Hostel in der Stadt übernachten, Zoe musste weiter zu Macmillans Gestüt, das ein ganzes Stück außerhalb lag. Mit dem Bus wäre Zoe stundenlang unterwegs.

Sie beschloss, ein Taxi zu nehmen. Die Fahrt kostete ein kleines Vermögen, aber das war Zoe egal. In ihrer Zeit als Profimusikerin hatte sie unglaublich gut verdient und in Snowfields gab sie so gut wie nichts von ihrem Geld aus.

Als sie sich am Taxistand verabschiedeten, umarmte Cyprian sie. Leider zog er sie diesmal nur kurz an sich. Sie fragte sich wieder, was er ihr am Montagabend hatte sagen wollen, bevor Cathy ihn unterbrochen hatte. Aber vermutlich erinnerte er sich gar nicht mehr an den Moment oder es wäre ihm unangenehm.

„Gib Bescheid, wenn du da bist", sagte er leise. „Viel Glück, Zoe."

11

Macmillans Gestüt sah in Wirklichkeit noch idyllischer aus als in dem Film, den Zoe auf YouTube gesehen hatte. Eine Allee aus uralten Kastanienbäumen führte zu drei rot verklinkerten hohen Häusern, die eindeutig aus dem letzten Jahrhundert stammten. Daneben standen moderne Gebäude, deren Dächer mit Solarstromanlagen versehen waren. Ein lang gezogener Stall mit halbrunden Eingangstoren und großen Fenstern, eine Scheune und ein quadratischer Verwaltungsbau.

Es war wunderschön, und doch stimmte etwas nicht, dachte Zoe, während das Taxi zwischen den Bäumen hindurch auf den Hof fuhr. Vor einem fröhlich sprudelnden Springbrunnen kam der Wagen zum Stehen.

Zoe zahlte, der Fahrer holte ihre Tasche aus dem Kofferraum und als das Auto wieder wegfuhr, wusste sie plötzlich, was sie gestört hatte.

Es gab keine Pferde weit und breit.

Dabei hatten sie in der Reportage behauptet, dass Macmillan hundertfünfzig Tiere im Stall stehen hatte. Wieso war keines davon zu sehen?

„Hallo!" Eine junge Frau kam soeben aus einem der roten Häuser. Sie trug enge Jeans und ein kariertes Hemd. Ihre rotblonden Haare hatte sie zu einem wuscheligen Pferdeschwanz zusammengeschlungen. „Kann ich dir helfen?"

Zoe nickte. „Ich komme ... äh ... zur Aufnahmeprüfung."

„Zum Vorreiten? Wie heißt du denn?"

„Zoe Deventer." Wie immer, wenn Zoe sich vorstellte, spürte sie ein nervöses Flattern in der Brust.

Bist du etwa *die* Zoe Deventer? Wie oft hatte sie diese Frage schon gehört? Und wenn sie dann zugab, dass sie wirklich das ehemalige Wunderkind mit der Flöte war, ging die Fragerei erst richtig los. Warum gab sie keine Konzerte mehr, wieso hatte sie aufgehört zu spielen, weshalb trat sie ihr Talent so mit Füßen?

„Oh hi!" Das Pferdeschwanzmädchen streckte ihr die Hand hin. „Ich bin Lynn. Schön, dass du hier bist."

Zoe atmete auf. Lynn schien kein Klassikfan zu sein.

„Du bist die Letzte. Ich meine, die anderen Bewerber sind alle schon da", plauderte Lynn weiter. „Bist du allein gekommen?"

Zoe nickte. „Meine Eltern hatten … keine Zeit."

„Kein Problem." Lynn lächelte. „Wir werden gut auf dich aufpassen." Sie warf einen Blick auf ihre Armbanduhr. „Ich zeig dir jetzt die Anmeldung, da kriegst du deinen Zimmerschlüssel. Danach kannst du dich frisch machen und umziehen. In einer halben Stunde beginnt dann das Abendessen."

Sie führte Zoe zu dem quadratischen Seitengebäude. Durch eine große Glastür betraten sie eine helle Vorhalle, die Lynn mit langen Schritten durchquerte.

„Ich hab deine Tante übrigens mal bei einem Turnier gesehen", sagte sie. „Wow, die hat's echt drauf. Eine Wahnsinnsreiterin."

„Meine Tante?", wiederholte Zoe verständnislos. Ob Lynn sie mit jemandem verwechselte?

„Ellen de Cesco", erklärte Lynn. „Es hat sich natürlich sofort rumgesprochen, dass du ihre Nichte bist."

„Ich … also …" Zoe verstummte. In ihrem Kopf überschlug sich alles. Weil sie nämlich plötzlich an ihr Telefonat mit Cathy denken musste. Und an den Satz, den Cathy begonnen und nicht zu Ende gebracht hatte.

Ich hab erzählt, dass ich mit … na, ist ja auch egal.

„… dass ich mit Ellen de Cesco verwandt bin", murmelte Zoe jetzt.

„Was?", fragte Lynn.

„Nichts. Haben wir gestern miteinander telefoniert?"

„Nein, du hast mit Mrs. Becker gesprochen, die macht das Büro. Aber die kennt Ellen de Cesco natürlich auch. Wie ist sie denn so, deine Tante?"

„Total nett", brachte Zoe mühsam hervor. Wenn Cathy jetzt hier gewesen wäre, hätte Zoe sie gegen das Schienbein getreten, gebrochenes Bein hin oder her. Wieso hatte sie nicht irgendeinen anderen berühmten Reiter ausgesucht anstelle der schrecklichen Mrs. de Cesco?

„So wirkt sie gar nicht", sagte Lynn. Dann schlug sie sich die flache Hand vor den Mund. „Ups, das war sehr unhöflich von mir, sorry, Zoe. Deine Tante kommt bei Turnieren immer so cool und ehrgeizig rüber und so bierernst. Aber im Privatleben ist sie natürlich ganz anders, ist ja klar."

„Natürlich", sagte Zoe. „Schon okay."

„Na, auf jeden Fall ist sie eine grandiose Reiterin", sagte Lynn fröhlich. „Und du bestimmt auch." Sie trat vor eine Tür, klopfte an und öffnete sie. „So, da wären wir. Mrs. Becker erklärt dir alles Organisatorische. Und wir sehen uns gleich beim Abendessen, okay?"

Die Mahlzeiten wurden in einem lang gestreckten, lichtdurchfluteten Glasgebäude eingenommen, das an den Verwaltungstrakt angrenzte. Der Boden war mit Naturstein bedeckt, die Wände waren grob verputzt und überall im Raum standen riesige Terrakottagefäße, in denen Palmen und Bananenstauden wuchsen.

In der Mitte befanden sich drei lange Tafeln, die mit weißen Tischdecken versehen und festlich gedeckt waren. Ein paar Leute standen im Saal herum und plauderten, die meisten hatten bereits Platz genommen. Und alle hatten sich total schick gemacht. Die Männer waren im Anzug und die Frauen trugen elegante Kostüme oder Cocktailkleider. Auch die Jugendlichen hatten sich in Schale geworfen. Alle, bis auf Zoe.

Sie hatte sich auf ihrem Zimmer schnell geduscht und umgezogen. Ihre Jeans war zwar sauber, aber total verwaschen, genau wie ihr T-Shirt.

Sie spürte, wie ihr Gesicht zu glühen begann. Sämtliche Unterhaltungen schienen plötzlich zu verstummen, die Leute wandten sich zu ihr und starrten sie an. Zoe fühlte sich wie ein Reh, das versehentlich in eine Höhle voller Raubtiere geraten war. Am liebsten wäre sie einfach wieder abgehauen, aber es war zu spät. Ihre Augen durchsuchten den Raum nach einem Rückzugsort.

Sie entdeckte einen freien Platz, oben am Ende

der Tische. Doch bevor sie sich dorthin verdrücken konnte, hörte sie hinter sich eine laute Männerstimme.

„Guten Abend, die Herrschaften!" Als Zoe sich umdrehte, sah sie Joseph Macmillan und Lynn, die zusammen den Raum betreten hatten. Lynn trug jetzt ein hellblaues Minikleid, das ihre durchtrainierte Figur und die langen, braun gebrannten Beine wunderbar zur Geltung brachte. Ihre Haare hatte sie zu einem lockeren Knoten geschlungen und mit einer glitzernden Nadel festgesteckt. Sie sah so schön aus, dass Zoe sich augenblicklich noch schlechter fühlte.

Macmillan hatte einen edlen Anzug an, die obersten Knöpfe seines weißen Hemdes waren geöffnet, er trug keine Krawatte.

Sein Blick wanderte zuerst über die Tische, dann fiel er auf Zoe. Seine Augenbrauen zogen sich irritiert zusammen.

„Das ist die Nichte von Ellen de Cesco", hörte Zoe Lynn flüstern.

Da entspannte sich seine Miene wieder und er lächelte. „Freut mich, dich kennenzulernen", sagte er und streckte Zoe seine Hand hin. „Die Ähnlichkeit ist ja frappierend!"

Was? Wo bitte schön sah Macmillan eine Ähnlichkeit zwischen der schlampigen Zoe und der eiskalten, aber stets eleganten Mrs. de Cesco?

„Sorry", stotterte sie, während sie seine Hand schüttelte. „Ich bin total falsch angezogen. Ich wusste nicht, dass hier so schicke Klamotten angesagt sind."

„Hast du das Rundschreiben nicht gelesen, das wir letzte Woche verschickt haben?", fragte Macmillan. Seine braunen Augen hinter den rot gefassten Brillengläsern wirkten jedoch eher amüsiert als ungehalten. „Da stand alles drin."

Wieder flüsterte Lynn ihm etwas zu, aber diesmal verstand Zoe die Worte nicht.

Der Galopptrainer nickte. „Ich höre gerade, dass du das Schreiben gar nicht bekommen hast, weil du dich erst gestern angemeldet hast."

„Genau." Zoe nickte.

„Dann bist du entschuldigt. Entspann dich, bei uns kommt es nicht auf das Outfit an." Macmillans Lächeln war so warm und herzlich, dass Zoe es sofort erwiderte.

Nun glitt der Blick des Trainers wieder durch den Saal und wanderte die Tische entlang. „Deine berühmte Tante hast du nicht zufällig mitgebracht?"

„Nein", sagte Zoe und schauderte unwillkürlich.

„Schade. Ich hätte sie gerne einmal kennengelernt. Na, vielleicht ergibt sich die Gelegenheit ja noch. Ich bin auf jeden Fall gespannt, dich morgen reiten zu sehen."

Zoes Lächeln flackerte. In was für eine unmögliche Situation hatte Cathy sie da gebracht!

„Ich setz mich dann mal", erklärte sie mit schwacher Stimme.

Joseph Macmillan begrüßte die Bewerber und ihre Eltern mit einer kleinen launigen Ansprache. Er wünschte ihnen für die nächsten Tage viel Erfolg, sich selbst viel Glück bei der richtigen Auswahl und allen einen guten Appetit. Dann setzte er sich neben Lynn an das Ende von Zoes Nachbartisch.

Das Abendessen war wirklich lecker. Es gab Lammkoteletts mit Rosmarinkartoffeln und eine vegetarische Lasagne. Aber Zoe bekam vor lauter Aufregung keinen Bissen herunter. Worauf hatte sie sich hier nur eingelassen? Die Aufnahmeprüfung würde ein Desaster werden. Sobald Macmillan Zoe im Sattel sah, würde ihm klar werden, dass sie überhaupt keine Ahnung vom Galoppreiten hatte. Und dann würden ihm Zweifel kommen, ob sie wirklich Ellen de Cescos Nichte war. Vielleicht würde er ja mit Mrs. de Cesco Kontakt aufnehmen und sobald er ihr gegenüber den Namen Zoe Deventer erwähnte …

Zoe fühlte, wie sich ihr Magen zusammenzog.

„Alles klar bei dir?" Der Junge, der neben ihr saß, hatte ihr Unwohlsein bemerkt.

„Sicher. Na ja, ich fühl mich nicht so gut, weil ich total falsch angezogen bin."

Der Junge grinste. Er hatte kurz geschnittenes dunkles Haar, ein offenes Gesicht und eine leicht schiefe Nase, die ihm etwas Verwegenes verlieh. Vielleicht hatte er sie mal gebrochen. Er war mit seinem Vater angereist, jedenfalls sah ihm der Mann, der zu seiner anderen Seite saß, total ähnlich. Die gleichen widerspenstigen dunklen Haare, nur seine Nase war gerade.

„Die meisten sind total overdressed", sagte der Junge. „Ich find das bescheuert. Wir sind doch hier nicht auf dem Abschlussball."

Er selbst trug ein weißes Hemd und eine Cordhose. Nicht gerade festlich, aber immerhin besser als Jeans und T-Shirt.

„Ich habe das Rundschreiben nicht bekommen, in dem stand, dass wir uns schick machen sollen", erklärte Zoe.

„Das habe ich mir schon gedacht." Sein Grinsen wurde noch breiter. „Ich find deinen Look cool. Ich bin übrigens Alex."

„Zoe."

„Bist du zum ersten Mal hier?"

„Wie meinst du das?"

„Na, ob du zum ersten Mal vorreitest. Ich war im

letzten Jahr schon dabei, aber da haben sie mich nicht genommen."

„Ach so. Nein, ich versuch's zum ersten Mal." Zoe zögerte. „Wie ist die Aufnahmeprüfung denn so?"

Alex schob gedankenverloren eine Kartoffel in den Mund, kaute darauf herum und schluckte. „Ziemlich hart, um ehrlich zu sein. Sind eben viele verschiedene Aufgaben, die man bestehen muss. Ich bin im letzten Jahr gut durchgekommen, aber dann hab ich das Interview mit Macmillan vermasselt."

„Was für ein Interview?"

„Macmillan ist es total wichtig, dass seine Leute super motiviert sind. Er will, dass sie wissen, worauf sie sich einlassen. Und dass sie wirklich fürs Galopprennen brennen. Das Interview war ein richtiges Quiz, er wollte alles Mögliche von mir wissen. Hat mich nach meinen Vorbildern im Galoppsport gefragt und welche Pferde ich gerne mal reiten würde. Ich hatte das totale Blackout, mir ist kein einziger Name mehr eingefallen. Ich glaub, das hat mich aus dem Rennen geworfen."

„Verstehe."

Zoe spürte, wie ihr der Schweiß ausbrach. Sie hatte keinen blassen Schimmer von der Galoppsportszene. Bei ihrem Spaziergang gestern Abend hatte Cyprian ihr den Ablauf eines Derbys erklärt und sie hatten über die Rennregeln gesprochen. Aber natürlich kannte sie weder die Namen der erfolgreichen Jockeys noch die der Pferde.

„Darf ich das schon mitnehmen?" Eine Kellnerin war hinter ihnen aufgetaucht und beäugte Zoes nahezu unangerührten Teller.

„Ja, bitte. Ich hab keinen rechten Appetit."

„Hey, ich wollte dir keine Angst machen", sagte Alex. „Macmillan ist echt cool. Deshalb bin ich ja wiedergekommen. Alles halb so wild. Du packst das mit links."

„Klar." Zoe verzog den Mund. Ihr Blick wanderte zu dem Galopptrainer am Nachbartisch. Er unterhielt sich gerade mit einer großen dünnen Frau und ihrer dünnen blonden Tochter, die die gleichen pinken Cocktailkleider trugen.

„Wer ist eigentlich diese Lynn?", fragte Zoe leise. „Macmillans Tochter?"

Alex schüttelte den Kopf. „Seine Freundin. Macmillan hat sie ausgebildet, inzwischen ist sie als Jockey megaerfolgreich." Er musterte Zoe nachdenklich, dann senkte er seine Stimme zu einem vertraulichen Wispern. „Genau das mein ich. Solche Sachen solltest du wissen, wenn du es hier schaffen willst."

In seinem ersten Leben hatte er die Rennen geliebt. Das Geschrei der Leute hatte ihn angespornt, genau wie der Schweißgeruch, das atemlose Röcheln der anderen Pferde. In der Startbox konnte er es kaum erwarten, bis die Türen aufsprangen. Dann flog er los und der Junge mit den Himmelsaugen flog mit ihm.

Durch den Lärm, durch das Chaos, schneller, immer schneller.

Er rannte, weil er es konnte.

Weil der Junge es wollte.

Aber dann war der Junge auf einmal nicht mehr bei ihm und er war allein. Die Schreie der Menschen, die Bewegungen der anderen Pferde, die fremden Hände, die ihm das Gebiss ins Maul zwängten, machten ihm Angst.

Er weigerte sich, die Startbox zu betreten. Doch sein

Wille war ohne Bedeutung, er musste hinein. Zu viert zerrten, drängten, schoben, peitschten sie ihn in den engen Verschlag.

Die Haube, die sie ihm über den Kopf gezogen hatten, versperrte ihm den Blick. Etwas steckte in seinen Ohren, er hörte die lauten Befehle, die Schreie und das Keuchen der Männer wie durch tiefes Wasser.

Er war blind und taub vor Panik. Und dann ging es los.

Zoe ließ den Nachtisch aus und verzog sich bei der ersten Gelegenheit auf ihr Zimmer. Zum Glück teilte sie ihren Raum mit niemanden, sie wollte sich nämlich nicht unterhalten. Nicht einmal mit Cyprian. Sie schrieb ihm nur eine schnelle SMS.

Bin gut angekommen. Muss mich noch vorbereiten, melde mich morgen.

In den nächsten Stunden studierte sie auf ihrem Handy alles, was sie im Internet zu den wichtigsten internationalen Derbys finden konnte. Sie lernte die Namen der Top-Jockeys und die Ranglisten der besten Pferde auswendig. Dabei konzentrierte sie sich besonders auf Macmillans Vollblüter. Sie fanden sich regelmäßig auf den ersten Plätzen, er war als Züchter, Käufer und Trainer gleichermaßen erfolgreich.

Und Lynn – die mit Nachnamen Cartwright hieß – hatte es als Jockey ebenfalls geschafft. Sie hatte dreimal hintereinander das Oklahoma Derby gewonnen und im letzten Jahr war sie in Bairnsdale, Australien, ebenfalls als Erste durchs Ziel gekommen.

Zoe fiel das Auswendiglernen leicht, in ihrer Zeit als Profimusikerin hatte sie auch immer nur in der Nacht vor einer Klassenarbeit gelernt und dennoch gute Noten geschrieben. Doch als sie um halb zwei Uhr das Licht ausmachte, schwirrte ihr Kopf vor lauter Namen und Informationen. Sie würde kein Auge zutun, davon war sie überzeugt. Aber entgegen ihrer Befürchtung schlief sie sofort ein.

Als ihr Handywecker sie aus dem Schlaf riss, hatte sie das Gefühl, dass sie nur wenige Minuten geschlafen hatte. In Wirklichkeit war es jedoch halb sechs. Gähnend stand Zoe auf und warf einen Blick aus dem Fenster. Draußen nieselte es. Na super.

Laut dem Plan, den ihr die Sekretärin am Abend vorher ausgehändigt hatte, trafen sich alle Teilnehmer um Punkt sechs Uhr in Sportkleidung auf dem Hof.

Mr. Macmillan und Lynn erwarteten sie am Springbrunnen vor dem Haus, beide in Jogginganzügen und Laufschuhen. Lynn trug ein Stirnband über den rotblonden Haaren, an dem eine Kamera befestigt war.

Fröstelnd stellte Zoe sich zu den anderen.

„Morgen!" Alex, der nun neben sie trat, wirkte hellwach und war bester Laune. „Alles klar?"

Sie zog eine Grimasse. „Die Nacht war zu kurz. Und dann dieses Wetter! Was passiert denn jetzt?"

„Jogging. Hoffentlich bist du fit."

Den letzten Dauerlauf hatte Zoe absolviert, als sie noch in Vancouver zur Schule gegangen war. In Snowfields hatte sie neben dem Reitunterricht und der Schule einfach keine Zeit mehr für andere Sportarten.

„Wie weit laufen wir denn?", fragte sie Alex.

„Lass dich überraschen." Die Antwort kam von Macmillan, der Zoe gehört hatte, obwohl sie recht leise gesprochen hatte und er ein ganzes Stück entfernt war.

„Guten Morgen, alle zusammen!", fuhr er mit lauter Stimme fort. „Für einen Jockey sind Ausdauer und Kraft absolut wichtig. Deshalb wollen wir sehen, wie ihr konditionsmäßig drauf seid. Wir machen einen Rundlauf über das Gelände, dadurch werdet ihr wach und ganz nebenbei kriegt ihr auch mit, wie schön es hier ist. Bleibt locker, wenn ihr nicht mehr könnt, geht ihr einfach langsam weiter. Viel Spaß!" Er nickte Lynn zu und dann rannten sie los, obwohl es noch gar nicht ganz sechs war.

Wer bis jetzt noch nicht da war, hatte offensichtlich Pech gehabt. Sie liefen ein Stück die Allee entlang und bogen in einen Feldweg ein. Macmillan legte ein strammes Tempo vor. Die Gegend war ziemlich hügelig und jedes Mal, wenn es eine Anhöhe hochging, schien er die Geschwindigkeit noch zu beschleunigen.

Am Anfang wurde hier und da noch gelacht und gescherzt, einige der Jugendlichen plauderten sogar miteinander. Aber schon nach kurzer Zeit verstummten die Gespräche, jetzt waren nur noch schneller Atem und lautes Keuchen zu hören.

Immer wieder hielt Macmillan inne, trabte auf der Stelle und wies sie auf die Örtlichkeiten hin. „Hier seht ihr einen Teil der Grasbahn. Wir haben sie im letzten Jahr auf zweitausend Meter erweitert und in der gesamten Länge mit einer Beregnungsanlage versehen."

„Die braucht man heute jedenfalls nicht", murrte ein Mädchen neben Zoe und wischte sich eine nasse Haarsträhne aus der Stirn.

Es gab auch eine Sandbahn, die tausendfünfhundert Meter lang war. Später kamen sie an einem überdachten Trabring vorbei, in dem selbst im Winter trainiert werden konnte. Dahinter lag eine Halle, in der sich die Führ- und Startmaschine, das Pferde-Solarium und die Pferde-Waage befanden.

Auf den Weiden zwischen den verschiedenen Anlagen waren eine Handvoll Pferde zu sehen, die im Regen grasten.

Wo war der Rest?, fragte sich Zoe. Und vor allem: Wo steckte Eclipse? Hoffentlich bekamen sie später auch noch eine Führung durch die Ställe und Paddocks.

Zoe war überrascht, wie leicht ihr das Laufen fiel. Und wie gut das Joggen tat. Die frische Morgenluft vertrieb die Müdigkeit aus ihren Gliedern, sie fühlte sich wach und lebendig. Jedenfalls die ersten zwanzig Minuten lang. Dann fingen ihre Beine an zu schmerzen. Nach weiteren fünf Minuten brannte ihr Lunge. Sie hatte das Gefühl, dass jemand Bleikugeln an ihre Füße gehängt hatte, die sie nun hinter sich herzog.

Sie versuchte sich abzulenken, indem sie sich die Namen der Jockeys und Pferde ins Gedächtnis rief, die sie am Vorabend gelernt hatte. Matthew Roderick auf Pleasure. Jean-Philippe Cassoulet auf Darco Boy. Luigi Tommasino auf Kolibri. Piet de Kook auf ... Wie hatte das verdammte Pferd geheißen, auf dem de Kook das Kentucky Derby 2014 gewonnen hatte? Sunshine? Sunflower? Sie kam nicht auf den Namen.

Jetzt ging es wieder eine Anhöhe hoch. Täuschte sie sich oder steigerte sich das Tempo immer mehr?

Macmillan führte die Gruppe an, er bestimmte die Geschwindigkeit. Lynn bildete das Schlusslicht und filmte die Läufer.

Wie lange der Lauf wohl noch ging? Ein paar Minuten, eine halbe Stunde oder zwei? Zoe hatte keine Ahnung, wo sie sich befanden und wie weit sie vom Gestüt entfernt waren. Sie wusste nur, dass sie langsam, aber sicher am Rande ihrer Kräfte war.

Vielleicht kannte Alex die Strecke ja, immerhin war er im letzten Jahr schon mit dabei gewesen. Er lief ein Stück vor Zoe. Um zu ihm zu gelangen, musste sie das hellblonde Mädchen überholen, das gestern das pinke Abendkleid getragen hatte. Jetzt hatte sie ein türkisfarbenes Laufdress an und sah genauso erschöpft aus, wie Zoe sich fühlte.

Puh, es war ganz schön schwer, zu Alex aufzuschließen. Als Zoe ihn endlich erreicht hatte, war sie so fertig, dass sie kaum noch ein Wort herausbekam.

„Weißt du, wie lang das hier ungefähr geht?", keuchte sie.

Er zuckte mit den Schultern. „Ich glaub, das variiert von Jahr zu Jahr." Erstaunlicherweise klang seine Stimme vollkommen relaxt, er schien überhaupt nicht außer Atem zu sein. „Letztes Jahr waren wir fast zwei Stunden unterwegs."

„Zwei Stunden?", japste das blonde Mädchen, das

seine Antwort ebenfalls gehört hatte. „Das pack ich nicht. Ich bin jetzt schon total fertig."

„Vielleicht ist es diesmal kürzer", stieß Zoe hervor.

„Oder länger", sagte Alex. „Man weiß es nie."

„Ich geb auf." Das blonde Mädchen blieb so abrupt stehen, dass die beiden Jungs, die hinter ihr liefen, fast mit ihr zusammengeprallt wären.

„Nicht anhalten!", rief Lynn von hinten. „Wenn du nicht mehr laufen kannst, geh langsam weiter. Ist nicht schlimm."

Ist nicht schlimm. Die Worte echoten in Zoes Kopf. Im Gegensatz zu den anderen wollte sie ja nicht mal Jockey werden, sie musste niemandem etwas beweisen. Um ein Haar wäre sie ebenfalls stehen geblieben, aber im letzten Moment sah sie die Dächer der roten Gebäude zwischen den Bäumen auftauchen. Da vorn war das Gestüt, sie hatten es fast geschafft!

Neben ihr gab Alex noch mal richtig Gas, er zog an allen vorbei und rannte direkt hinter Macmillan auf den Hof. Auch Zoe verlieh die Erleichterung neue Kräfte, sie schaffte es immerhin als siebte.

„Keiner bleibt stehen!", rief Macmillan. „Ihr geht so lange weiter, bis euer Puls wieder normal ist."

Das Mädchen in Türkis traf einige Minuten nach dem letzten Läufer auf dem Hof ein. Mit hängenden Schultern trottete sie zum Rand des Springbrunnens und ließ sich darauf nieder. Sie hatte die erste Aufgabe im allerletzten Moment vermasselt, das war ihr genauso klar wie allen anderen.

Nachdem sie geduscht hatten, gab es Frühstück und danach trafen sie sich in dem Konferenzraum neben dem Speisesaal zur offiziellen Begrüßung. Auch die Eltern durften daran teilnehmen, für sie waren hinten im Raum zwei Sitzreihen reserviert, während die Bewerber im Halbkreis um Joseph Macmillan herumsaßen. Mit Zoe waren es vierzehn. Sie konkurrierten um vier Ausbildungsplätze, wie Macmillan ihnen gerade mitteilte.

„Ihr habt heute Morgen ja schon erfahren, dass es im Galoppsport um mehr geht als nur ums Reiten", setzte er seine Ansprache fort. „Als Jockey brauchst du Kondition und Beweglichkeit. Und eine Menge Ausdauer und Willenskraft." Er erzählte von seiner eigenen Ausbildung und der Zeit als Profi-Jockey, wie hart und anstrengend die Arbeit war.

„Aber der ganze Stress ist vergessen, wenn du es am Ende geschafft hast und mit deinem Pferd als Erster durchs Ziel gehst. Dafür strengen wir uns an, dafür leben wir – für diesen einen Moment."

Danach zeigte er ihnen einen Imagefilm, der im Wesentlichen die gleichen Bilder enthielt wie die Reportage auf YouTube, die Zoe schon gesehen hatte. Eine idyllische Umgebung, schnelle Pferde, durchtrainierte Jockeys. Auch in diesem Film waren die Koppeln und Weiden rund um das Gestüt voll mit Pferden.

Im Anschluss an den Film erzählte ihnen eine der Nachwuchs-Jockeys, ein dunkelhäutiges Mädchen namens Gabrielle, vom Alltag im Gestüt. Und danach sprach Lynn über den Ablauf eines Turniers.

„Wer Rennen gewinnen will, darf keine Angst vor Stürzen haben und muss richtig tough sein", schloss sie ihren Vortrag. „Aber am wichtigsten ist etwas anderes. Und das könnt ihr nicht lernen, das müsst ihr mitbringen und in euch haben. Die Liebe zum Pferd."

Als der Applaus abgeebbt war, meldete sich ein chinesisches Mädchen mit pechschwarzem Pagenkopf.

„Im Film waren so viele Pferde zu sehen", sagte sie. „Wo sind die jetzt eigentlich?"

Bevor Lynn etwas erwidern konnte, antwortete Macmillan: „Zurzeit sind sie alle im Stall. Wir befinden uns gerade in einer intensiven Turnierphase. Nächste Woche findet das Toronto Derby statt und in drei Wochen der Carolina Cup – beides enorm wichtige Rennen, an denen wir mit zahlreichen Pferden teilnehmen. In dieser Zeit lassen wir die Vollblüter nicht auf die Wiese. Die Verletzungsgefahr ist draußen viel zu hoch."

„Aber ist das nicht schrecklich für die Pferde?",
fragte das Mädchen. „Den ganzen Tag in der Box stehen zu müssen?"

Macmillan lachte. „Du darfst das nicht aus dem
menschlichen Blickwinkel sehen", sagte er. „Für die
Pferde sind Routine und Ruhe das Beste. Bei den Derbys haben unsere Tiere mehr als genug Abwechslung.
Deshalb gönnen wir ihnen zwischen den Rennen absolute Entspannung. Sie dürfen den ganzen Tag in
ihrer Box stehen und von ihren zukünftigen Siegen
träumen."

Zoe fragte sich, wie lange die Turnierphase dauerte,
in denen die Pferde nicht auf die Koppel durften. Ein
paar Wochen im Jahr? Oder Monate? Sie hätte Macmillan gerne gefragt, aber sie hielt sich zurück. Es war
besser, wenn sie nicht durch kritische Einwürfe auffiel.
Sie war hier, um Eclipse zu finden, darauf musste sie
sich konzentrieren.

 *13*

„Nun kommen wir zu unserem Programm für heute und morgen." Mr. Macmillan stand jetzt wieder vor den Jugendlichen, Lynn hatte sich gesetzt. „Jeder von euch bekommt gleich eine Liste mit seinem persönlichen Terminplan. Ihr müsst heute alle aufs Elektropferd und es finden noch ein paar Fitnesstests statt. Außerdem werde ich mit sämtlichen Bewerbern ein Interview führen, in dem ich euch ein bisschen auf den Zahn fühlen möchte." Er lachte. „Keine Angst, ich bohre nicht!"

Seine Zuhörer lachten nicht. Sie wirkten alle ziemlich angespannt, fand Zoe.

„Morgen dürft ihr euch dann mal auf ein richtiges Rennpferd setzen", fuhr er fort. „Wir machen natürlich kein Rennen, ich will nur wissen, wie ihr euch auf einem Vollblut bewegt. Zwischendurch habt ihr einigen Leerlauf, den ihr für die Besichtigung des Gestüts nutzen könnt. Ihr könnt euch alles ansehen, die Wohnräume für die Auszubildenden, das Fitnesscenter, die Wirtschaftsräume. Nur die Stallgebäude sind tabu. Wenn dort den ganzen Tag Leute rein- und rausrennen, kriegen meine Pferde einen Koller."

Macmillan fixierte die Zuhörer mit strengem Blick, aber natürlich wagte keiner zu widersprechen.

„Unsere Nachwuchsjockeys Aisha, Simon und Gabrielle machen aber einige Stallführungen. Meldet euch bei ihnen an, dann zeigen sie euch unser Heiligtum. Im Stutenstall gibt es gerade Nachwuchs, da bitte ich euch um besondere Rücksichtnahme beim Besichtigen. So, und nun viel Spaß und gutes Gelingen!"

Auf ihrem persönlichen Plan, den Zoe von Aisha überreicht bekam, waren sechs Termine aufgeführt. Nach dem Mittagessen fand für alle Bewerber eine allgemeine Theorieprüfung statt. Für Zoe standen am Nachmittag außerdem noch zwei Fitnesstests auf dem Programm und um fünf Uhr sollte sie auf dem Elektropferd vorreiten.

Der nächste Tag begann mit einem gemeinsamen Ausritt, um elf würde dann das Interview mit Macmillan erfolgen. Das Auswahlprozedere endete für alle mit dem Mittagessen.

Im Grunde war die Sache also klar. Zoe musste heute herausfinden, wo Eclipse war und wie es ihm ging. Morgen hätte sie keine Zeit mehr, sich auf dem Gestüt umzusehen.

Sie meldete sich bei Gabrielle, der dunkelhäutigen Auszubildenden, zur Stallführung an und hatte Glück: Sie kam gleich in die erste Gruppe, die den Stall noch vor dem Mittagessen besichtigen durfte. Bis zum Besichtigungstermin hatte sie gut eine Viertelstunde Zeit, die sie nutzte, um Cyprian anzurufen.

Er nahm das Gespräch nach dem ersten Klingeln an.

„Endlich", sagte er atemlos. „Ich dachte schon, du meldest dich nie. Wie geht's dir?"

„Alles okay, so weit. Aber ich hab Eclipse noch nicht gesehen."

Sie gab Cyprian ein kurzes Update der bisherigen Ereignisse. „Macmillan kommt echt sympathisch rüber", schloss sie ihren Bericht.

„Ich finde es auch super sympathisch, dass er seine Pferde nicht auf die Weide lässt", ätzte Cyprian.

„Während der Turnierphase", sagte Zoe. „Wobei ich nicht weiß, wie lange die dauert. Aber egal, ich darf jetzt gleich in den Stall. Hoffentlich entdecke ich Eclipse."

„Ruf mich danach wieder an", sagte Cyprian. „Oder soll ich zu dir rausfahren?"

„Spinnst du? Was willst du denn hier? Nein, Cyprian, halt durch. Ich meld mich später."

Sie legte auf, bevor Cyprian noch etwas entgegnen konnte.

An der Stallbesichtigung nahmen außer Zoe nur noch zwei andere Jugendliche teil – das chinesische Mädchen mit dem Pagenkopf, das Yue hieß, und Alex.

Bevor es allerdings losging, hielt Gabrielle ihnen noch einen Vortrag über das richtige Verhalten im Stall. Laute Geräusche und schnelle Bewegungen waren verboten, man durfte die Pferde nicht berühren oder gar füttern, und Fotografieren und Filmen waren ebenfalls nicht erlaubt.

„Ich gehe davon aus, dass keiner von euch eine ansteckende Krankheit hat", erklärte Gabrielle zum Schluss. „Sonst müsstet ihr selbstverständlich draußen bleiben."

Allgemeines Kopfschütteln.

„Was für ein Theater", flüsterte Alex Zoe zu. „Ob wir desinfiziert werden, bevor sie uns in den Stall lassen?"

„Wahrscheinlich müssen wir Schutzkleidung anziehen", gab Zoe zurück. „Wie in einem Seuchengebiet."

Gabrielle, die den Kommentar gehört hatte, bedachte sie mit einem missbilligenden Blick. „Das ist nicht witzig."

„Natürlich nicht." Zoe lächelte unschuldig.

Sie folgten Gabrielle durch eines der halbrunden Tore in den Stall. Das Gebäude war mit großen Fenstern und einer Klimaanlage ausgestattet, die Boxen waren geräumig und sehr sauber. Das Ganze erinnerte eher an eine Großküche als an einen Stall.

„Hier stehen unsere aktiven Rennpferde", sagte Gabrielle mit gedämpfter Stimme, während sie die Stallgasse entlanggingen. „Da sind richtige Stars drunter. Ich stell euch mal ein paar von ihnen vor."

Sie blieb vor einer der Boxen stehen, in dem sich ein großer dunkelbrauner Hengst befand. Als er die Besucher erblickte, richtete er die Ohren auf und begann nervös zu tänzeln. Sein Schweif peitschte hin und her.

„Keine Angst, Glory." Gabrielle holte ein Möhrenstück aus der Tasche und streckte es dem Hengst hin, der einen Moment zögerte, bevor er es akzeptierte. „Brav, mein Schöner." Sie kraulte ihn zwischen den Ohren. „Morning Glory ist ein Englisches Vollblut und unser aktueller Shootingstar."

Der Hengst hatte im letzten Jahr das Oklahoma Derby gewonnen, erinnerte sich Zoe. Lynn hatte ihn geritten.

„Morning Glory stammt aus Mr. Macmillans Zucht. Wir haben also doppelt Grund, stolz auf ihn zu sein", erklärte Gabrielle, während sie sich wieder in Bewegung setzte. „Lady Q kommt dagegen aus einem anderen Gestüt, sie wird nur von uns trainiert."

Sie ging zur Nachbarbox, in der eine wunderschöne hellgraue Stute stand. Auch sie wich nervös zurück, als die drei Jugendlichen vor ihrem Verschlag auftauchten. Aber als Gabrielle ihr eine Möhre anbot, näherte sie sich zutraulich und nahm sie an.

„Boah, ist die schön", sagte Yue und streckte die Hand aus.

„Nicht berühren!" Gabrielles Stimme klang so scharf, dass Yue einen kleinen Satz nach hinten machte und Lady Q mit einem erschrockenen Schnauben den Kopf nach oben warf.

Wie eine Welle griff die Aufregung auf den Rest des Stalles über. Aus der Box neben Lady Q ertönte ein lautes Wiehern, weiter hinten trat ein Pferd mit den Hufen gegen die Trennwand, mehrere Tiere bäumten sich auf.

„Sorry", flüsterte Yue entsetzt. „Das wollte ich nicht."

„Die sind aber schreckhaft", sagte Zoe. „So was gibt's doch nicht."

Ihr Herz hämmerte schnell und aufgeregt. Es gefiel

ihr überhaupt nicht, wie die Tiere hier gehalten wurden. Die Pferde standen vollkommen isoliert in den Boxen, ohne Kontakt zu ihren Artgenossen. Das war nicht gut für die Tiere. Pferde waren Herdentiere, das lernten die Pferdeflüsterer in der ersten Unterrichtsstunde. In der Natur waren sie auf Gedeih und Verderb aufeinander angewiesen, sie brauchten den Kontakt zu den anderen zum Überleben.

Außerdem waren Wildpferde sechzehn Stunden am Tag in Bewegung, während die Tiere hier kaum einen Schritt machen konnten. Kein Wunder, dass sie so nervös und verstört waren.

Gabrielle schien ihre Gedanken zu lesen, ihr Gesicht verfinsterte sich. „Wir sind hier nicht auf dem Ponyhof", erklärte sie streng. „Rennpferde sind Hochleistungssportler und megasensibel. Okay, ich glaube, ihr habt genug gesehen …"

„Wo sind denn die berühmten Appaloosas von Macmillan?", fragte Zoe hastig. „Die interessieren mich ganz besonders. Ich hab schon so viel über sie gehört."

„Das kann ich mir vorstellen." Zu Zoes Erleichterung entspannte sich Gabrielles Miene jetzt wieder. „Die Appaloosas stehen im hinteren Bereich. Also gut, ich zeig sie euch noch. Aber nur, wenn ihr mir versprecht …"

„Wir sind ganz brav", sagte Zoe. Ihr Herzschlag beschleunigte sich noch mehr. Es war erstaunlich, dass die anderen das Gehämmer nicht hörten. Ob Eclipse hier im Stall war?

Während sie Gabrielle durch die Stallgasse in den hinteren Gebäudeteil folgte, suchten ihre Augen die Boxen auf beiden Seiten ab.

Jetzt tauchte links der erste Appaloosa auf. Ein Hengst mit dunkelbraunem Kopf. Die für Appaloosas charakteristische fleckige Fellzeichnung zeigte sich nur auf seinen Flanken und auf der Kruppe.

Das Pferd daneben war weiß, sein Kopf, der Hals und der Rücken waren von schwarzen Punkten überzogen. Wie große Sommersprossen bedeckten sie seinen Körper.

Zoes Blick flog weiter. Ihr Herz raste förmlich. Hoffentlich hatte Macmillan Eclipse nicht irgendwo anders untergebracht.

Sie war sich ganz sicher, dass sie ihn sofort erkennen würde. Cyprian hatte ihr so viele Bilder von ihm gezeigt.

Wieder blieb Gabrielle vor einem der Verschläge stehen, hinter dem eine hübsche Schimmelstute stand.

„Cosima ist ein Appaloosa, auch wenn sie auf den ersten Blick gar nicht so aussieht", erklärte sie. „Man erkennt es an der schwarz-rosa Musterung auf ihrer

Haut." Sie deutete auf die Lippen der Stute, die eindeutig gefleckt waren. „Und an den Hufen. Bei einem Appaloosa sind die nämlich gestreift."

Der Rest ihrer Worte rauschte an Zoe vorbei. Sie waren inzwischen fast am Ende der Stallgasse angelangt, es gab nur noch zehn oder zwölf Boxen, die sie noch nicht gesehen hatte. Wenn Eclipse nicht hier war, wo steckte er dann? Ob sie Gabrielle einfach nach ihm fragen sollte? Aber wie, ohne dass sie misstrauisch wurde?

„Das Beste kommt wie immer ganz zum Schluss", hörte sie Gabrielle fortfahren. „Ich zeig euch jetzt unsere neue Sensation. Einen Hengst, der in Zukunft bestimmt noch viel von sich reden machen wird."

Eclipse, dachte Zoe. Sie spricht von Eclipse.

„Captain Corky", sagte Gabrielle im selben Moment.

Sie ging zur letzten Box vor dem Hinterausgang, in dem ein gesprenkelter Fuchs stand, der nun die Mähne schüttelte, als hätte er Gabrielles Worte verstanden.

Zoes Herz, das eben noch wie wild geschlagen hatte, setzte vor Enttäuschung einen Schlag lang aus. Alex und Yue waren Gabrielle zu Captain Corkys Box gefolgt. Zoe setzte sich ebenfalls in Bewegung.

Das war's, dachte sie. Eclipse ist nicht da.

Doch in diesem Augenblick sah sie ihn.

14

Eclipse stand in der Box neben Captain Corky. Das hellbraune Fell, die Leopardenflecken, die seinen Körper vom Kopf bis zur Kruppe bedeckten, die feine, helle Mähne – alles war genau wie auf den Bildern, die Cyprian Zoe in den letzten Tagen gezeigt hatte. Und doch stimmte nichts.

Auf Cyprians Fotos und Videos hatte sie ein selbstbewusstes, kraftvolles Pferd gesehen. Voller Energie und Lebensfreude. Ein Tier, das die Bewegung liebte, das niemals stillstand.

Das Pferd hinter der Abtrennung schien dagegen vollkommen antriebslos zu sein. Der Schweif, die Mähne, der Kopf, alles hing schlapp nach unten. Zoe hatte den Eindruck, dass der Hengst seine ganze Kraft brauchte, um sich irgendwie auf den Beinen zu halten.

Vielleicht ist es doch nicht Eclipse, dachte sie.

Verstohlen fischte sie ihr Handy aus der Hosentasche und aktivierte den Bildschirm. Die anderen waren zum Glück immer noch mit Captain Corky beschäftigt. Gabrielle erzählte gerade von seinem letzten phänomenalen Sieg bei einem Galopprennen in Texas.

Zoe trat ein Stück näher an die Trennwand von Eclipses Box, sie drehte sich zur Seite, sodass ihr Körper das Handy abschirmte, und schoss blitzschnell ein Foto von dem Appaloosa.

Als sie das Smartphone wieder in der Hosentasche verschwinden ließ, hob der Hengst den Kopf und sah sie an. Diese Augen! Wie bei allen Appaloosas waren die Pupillen von einem weißen Ring umgeben und wirkten dadurch sehr menschlich. Der Blick drang tief in Zoes Brust, direkt in ihr Herz.

Und auf einmal waren all ihre Zweifel verschwunden, dass es vielleicht doch das falsche Pferd war.

„Alles klar bei dir?" Gabrielles Stimme ließ Zoe zusammenfahren.

„Sicher." Sie zwang sich zu einem Lächeln. „Was ist das denn für ein Kandidat?", fragte sie dann mit einer Kopfbewegung zu Eclipse.

„Den kannst du vergessen", meinte Gabrielle halb mitleidig, halb verächtlich. „Eclipse war mal ein echter Geheimtipp, aber jetzt bringt er überhaupt nichts mehr. Der ist total ausgebrannt." Nun schüttelte sie den Kopf. „Wir müssen echt raus hier, die nächste Gruppe wartet schon."

Als sie den Stall verließen, trat Alex ganz nah an Zoe heran.

„Ich hoffe, das Bild ist was geworden", sagte er leise.

Sie sah ihn überrascht an. „Welches Bild?"

Er grinste. „Keine Angst. Ich verpfeif dich nicht. Aber wieso hast du denn ausgerechnet diese Jammergestalt fotografiert?"

Zoe zuckte mit den Schultern. „Ich weiß nicht. Irgendwie gefiel er mir."

Nach dem Mittagessen trafen sich alle Bewerber wieder in dem Konferenzraum, in dem die Begrüßung stattgefunden hatte. Nun standen hier eine Menge Einzeltische, auf denen Stifte lagen.

Sie bekamen einen Multiple-Choice-Test ausgehändigt, den Zoe mehr oder weniger willkürlich ausfüllte. Die Fragen waren nicht sehr schwer, es ging um grundlegende Reitkenntnisse und allgemeines Pferdewissen. Aber sie konnte sich einfach nicht darauf konzentrieren. Ihre Gedanken wanderten immer wieder zu Eclipse. Dieser müde, unendlich traurige Blick, mit dem er sie angesehen hatte. Dieses Pferd hatte jede Hoffnung auf ein normales Leben aufgegeben. Vielleicht hatte der Hengst sogar vergessen, dass es so etwas wie Freiheit gab.

Sie hatte das Foto an Cyprian geschickt und ihn danach angerufen. Obwohl die Aufnahme unscharf und der Hengst nur halb zu sehen war, hatte Cyprian Eclipse sofort erkannt.

„Der ist ja total fertig", sagte er. „Was zum Teufel hat Macmillan mit ihm gemacht?"

„Vielleicht ist Macmillan gar nicht schuld an seinem schlechten Zustand", gab Zoe zu bedenken. „Er hat Eclipse ja noch nicht so lange."

„Ich frag mich, ob er ihn wirklich bei diesem Derby in Pittsburgh starten lassen will. Das ist in sechs Wochen."

„Ich hab nicht den Eindruck, dass die noch irgendeine Hoffnung in Eclipse setzen", sagte Zoe. „Vielleicht hat Macmillan ihn nur mal provisorisch angemeldet und lässt ihn dann doch nicht laufen."

Cyprian schwieg.

„Wir sollten ihm ein Angebot machen", sagte Zoe. „Ich kann mir, ehrlich gesagt, nicht vorstellen, dass er Eclipse unbedingt behalten will. Und allzu viel Geld kann er auch nicht mehr für ihn verlangen." Bevor Cyprian etwas einwenden konnte, fuhr sie fort: „Ich habe genug Geld, Cyprian. Ich kann das wirklich gerne …"

„Schon klar, Zoe", unterbrach Cyprian sie. „Womöglich muss ich mir wirklich was von dir leihen. Aber ich will nichts geschenkt." Er zögerte einen Moment lang. „Wir müssen gut überlegen, wie wir vorgehen. Macmillan darf nicht merken, wie wichtig mir Eclipse ist. Sonst schraubt er nur den Preis nach oben."

„Du solltest als Käufer gar nicht in Erscheinung treten", sagte Zoe. „Das kann doch besser Caleb übernehmen. Als dein Strohmann sozusagen. Vielleicht krieg ich ja irgendwie raus, wie viel Macmillan für Eclipse bezahlt hat. Und was er mit ihm vorhat. Auf jeden Fall muss ich jetzt Schluss machen, hier geht's gleich weiter. Bis später."

Zoe war eine der Ersten, die ihren Test abgaben. Direkt danach musste sie in das Fitnesscenter, das in einem modernen Flachbau neben dem Jockey-Wohnheim untergebracht war. An den Geräten versagte sie vollkommen – und diesmal waren nicht ihre Unkonzentriertheit und die Sorge um Eclipse daran schuld. Zoe hatte einfach viel zu wenig Kraft in den Armen.

Die Balance- und Gleichgewichtsübungen, die im Freien stattfanden, absolvierte sie dagegen mit links. Durch ihre vielen Ausritte ohne Sattel war sie fit wie eine Seiltänzerin.

Um drei Uhr gab es für alle Teilnehmer und Besucher Kaffee und Kuchen, aber Zoe verzichtete darauf. Stattdessen ließ sie sich von dem Nachwuchsjockey Simon durch den Stutenstall führen. Dann besichtigte sie die Scheune, die Sattelkammer und sah sich das Wohnheim an, das sehr komfortabel und gemütlich war. Nichts davon brachte sie weiter.

Joseph Macmillan hatte sich seit dem Morgen nicht mehr blicken lassen und auch Lynn hatte Zoe nicht mehr gesehen. Aber als sie sich auf den Weg zum Trainingscenter machte, in dem die Elektropferde standen, traf sie die junge Frau, die jetzt Reithosen und Stiefel trug.

„Na, geht's zum Vorreiten?", fragte Lynn.

„Genau", sagte Zoe. „In einer halben Stunde bin ich dran."

„Aufgeregt?"

„Geht so. Und du? Machst du einen Ausritt?"

„Ich muss auf die Bahn", sagte Lynn. „Trainieren. Ich hab nächste Woche ein wichtiges Rennen."

„Das Toronto Derby", sagte Zoe.

„Ich sehe, du hast heute Morgen gut aufgepasst." Lynn lachte.

„Wie viel kostet eigentlich so ein Rennpferd?", fragte Zoe.

Lynn zuckte mit den Schultern. „Das kommt darauf an. Die Preisskala ist nach oben offen. Ein richtig guter Galopper ist Millionen wert."

„Echt? Wow. Da habt ihr ja ein Vermögen im Stall stehen."

„Es sind ja leider nicht alle Champions. Da sind auch einige Nieten drunter."

„Und was macht ihr mit den Nieten?" Zoe jubelte innerlich. Das Gespräch lief genau in die richtige Richtung.

„Die versuchen wir natürlich aufzubauen. Aber wenn gar nichts mehr geht, verkaufen wir sie. Eine Menge Privatleute freuen sich über einen Galopper, auch wenn er keine Pokale mehr holt."

„Wie viel muss man denn da anlegen?", fragte Zoe.

„Das kommt ganz auf das Pferd an." Leider waren sie jetzt vor der Trainingshalle angekommen. Hier trennten sich ihre Wege. „Na dann, viel Erfolg." Lynn streckte beide Daumen in die Höhe. „Ich würd mich freuen, wenn du es schaffst."

„Ich mich auch", sagte Zoe.

In der Trainingshalle waren vier Elektropferde in einer Reihe aufgestellt, aber nur eines davon war in Betrieb. Daneben stand Macmillan und unterhielt sich mit einem Mitarbeiter.

„Zoe Deventer." Jetzt hatte er Zoe entdeckt und kam mit ausgestreckter Hand auf sie zu. „Das Mädchen mit der berühmten Tante."

Zoe hätte fast gelacht. Aus dem Wunderkind an der Flöte war das Mädchen mit der berühmten Tante geworden. Gut, dass ihre Mutter das nicht hören konnte. Oder Ellen de Cesco.

„Aber heute geht's ja nicht um deine Tante, sondern um dich", sagte Macmillan. „Ich bin gespannt, was du so draufhast."

Zoe schwang sich in den Sattel und Macmillan startete die Maschine. Er ließ das Elektropferd in drei verschiedenen Geschwindigkeiten laufen, schneller Schritt, leichter Trab und zum Schluss Galopp.

Es war höllisch anstrengend. Nach einigen Minuten hatte Zoe das Gefühl, dass ihre Arme Zentimeter für Zentimeter aus ihrem Körper herausgezogen wurden, während die Oberschenkel langsam verschmorten. Folter pur. Aber als Macmillan die Maschine stoppte, war ihm anzusehen, dass sie sich ganz gut geschlagen hatte. Er nickte zufrieden.

„Wer hat dich trainiert?"

„Tante Ellen." Was für eine Mühe es sie kostete, die beiden Worte auszusprechen!

Mr. Macmillan lächelte. „Das hab ich mir gedacht." Er warf einen Blick auf das Tablet, das auf der Ablage neben ihm lag, und runzelte die Stirn. „Deine Tante hätte dich ein bisschen öfter ins Fitnessstudio schicken sollen. Deine Werte an den Geräten waren hundsmiserabel."

„Ich weiß." Zoe kaute zerknirscht auf ihrer Unterlippe herum.

„Na gut, das kann man trainieren", hörte sie Macmillan murmeln. Dann hob er wieder den Kopf und sah sie an. „Alles klar, Zoe Deventer. Wir sehen uns morgen zum Interview."

Als Zoe die Trainingshalle verließ, sah sie Lynn, die Morning Glory über den Hof führte. Der Hengst war schweißnass, sein Maul triefte vor Schaum. Er trug eine schwarze Rennhaube, die seine Ohren bedeckte und den Blick zur Seite beschränkte, und trottete erschöpft hinter Lynn her.

Zoe winkte ihr zu, aber Lynn bemerkte sie nicht. Nun verschwand sie mit dem Pferd hinter dem Stallgebäude. Wahrscheinlich wollte sie mit ihm zum Sattelplatz, der am Hinterausgang des Stalles lag.

Zoe beschleunigte ihre Schritte. Das war *die* Chance. Während Lynn Morning Glory absattelte und trocken rieb, konnte Zoe sie prima ausquetschen. Lynn wusste bestimmt, wie viel Eclipse gekostet hatte und was er heute wert war.

Als Zoe um die Ecke des Stalles bog, sah sie Lynn auch wirklich am Sattelplatz stehen. Gerade öffnete sie den Sattelgurt und hob den Sattel von Morning Glorys Rücken. Der dunkelbraune Körper des Hengstes glänzte nass, als hätte er gerade ein Vollbad genommen. Lynn löste das Gebiss und zog ihm die Trense vom Kopf, dann griff sie zu einem Schlauch, der an der Wand hing, und drehte das Wasser auf.

Zoe wollte gerade auf sie zugehen, als ein junger Mann aus dem Hinterausgang des Stallgebäudes trat. Sie erkannte ihn sofort, es war der Nachwuchsjockey, den Zoe damals in dem YouTube-Video gesehen hatte. Inzwischen war er ein bisschen älter als in der Reportage, vielleicht hatte er seine Ausbildung ja auch schon abgeschlossen.

„Und? Wie ist es gelaufen?", fragte er Lynn.

Jetzt fiel Zoe auch sein Name wieder ein: Sean.

„Die Zeit war ein bisschen besser. Aber immer noch viel zu schlecht." Lynn begann, den Hengst abzuduschen. „Bis nächste Woche muss noch was passieren."

„Wir können die Dosis nicht mehr erhöhen", sagte Sean. „Dr. Blyton hat letzte Woche schon gesagt, dass wir jetzt am Limit sind. Wenn wir Glory noch mehr verabreichen, fällt er bei der Dopingkontrolle durch."

Zoe erstarrte. Worum ging es denn hier? Behutsam

zog sie sich ein Stück zurück, bis man sie vom Sattelplatz aus nicht mehr sehen konnte. Sie lehnte sich flach gegen die Stallwand und lauschte.

„Das mit der Kontrolle ist in trockenen Tüchern", sagte Lynn. „Wir haben einen Arzt in Toronto, der mit uns kooperiert."

„Ich dachte, der wollte nicht mehr mitmachen."

Zoe zog ihr Handy aus der Tasche. Sie musste dieses Gespräch filmen und aufnehmen. Hoffentlich war das Mikrofon ihres Smartphones gut genug, Lynn und Sean sprachen nicht besonders laut.

Sie aktivierte die Kamera und beugte sich ein Stück weit aus ihrer Deckung, um die Szene am Sattelplatz festzuhalten.

„Wir haben einen anderen gefunden. Luther Camston, er ist neu im Team." Lynn lächelte verächtlich. „Bin froh, dass wir nicht mehr mit Mackenzie arbeiten. Der Typ konnte den Hals ja nicht voll kriegen."

„Na, dann ist ja alles klar."

„Nichts ist klar." Ihre Stimme klang auf einmal scharf. Sie stellte das Wasser ab und fing an, den Hengst trocken zu reiben. „Morning Glory muss nächste Woche optimal vorbereitet werden. Ohrstöpsel, Zungenband, Scheck, Stoßzügel, das ganze Programm. Sprich mit den Helfern, die sollen sich vor Ort darum kümmern."

„Meinst du wirklich, dass wir das Zungenband brauchen?", fragte Sean. „Ich hab das gestern ausprobiert. Glory mochte es gar nicht. Und er ist auch nicht schneller gelaufen als vorher."

„Natürlich findet der das nicht toll", zischte Lynn wütend. „Wir schicken ihn ja auch nicht in die Wellness-Oase, sondern in ein Derby. Der Mistkerl soll laufen! Und mit dem Band kriegt er mehr Luft, das macht ihn schneller."

„Vielleicht hab ich es ja falsch angelegt", gab Sean zu.

Lynn seufzte tief. „Ich zeig es dir noch mal."

Sie verschwand in der Sattelkammer und kam mit einer abgeschnittenen Bandage zurück. Damit trat sie auf den Hengst zu. Morning Glory schnaubte laut und warf den Kopf nach oben.

Lynn griff entschlossen nach seinem Halfter und zerrte seinen Kopf nach unten.

„Still gehalten. Und du, pass auf!" Der letzte Satz war an Sean gerichtet. Lynn zwängte ihre Hand in Glorys Maul und zerrte seine Zunge nach draußen. „Er muss sie locker lassen", erklärte sie dabei. „Das dauert manchmal ein bisschen, aber irgendwann gibt er nach."

Blitzschnell schlang sie das Band um die Zunge des Hengstes. „Oben auf der Zunge machst du einen lockeren Knoten", sagte sie. „Und dann wird das Band unter dem Unterkiefer fixiert."

Sie verknotete die Enden des Bandes zweimal unter dem Kopf des Hengstes. Morning Glory trippelte aufgeregt hin und her, er rollte verzweifelt mit den Augen, aber es nützte nichts. Er konnte das Band nicht abstreifen.

Zoe hielt die Kamera auf den Hengst und Lynn gerichtet, aber sie sah nicht mehr, was sie filmte. Ihre Augen standen voller Tränen. Lynns Grausamkeit war unglaublich. Auch Sean schien das nicht so leicht wegzustecken.

„Ich glaub einfach nicht, dass das wirklich nötig ist", hörte Zoe ihn sagen.

„Mir ist völlig egal, was du glaubst oder nicht", fuhr Lynn ihn an. „Wenn der erst mal das Zungenband drin hat, hält er den Kopf viel höher. Und rennt schneller. Und das ist das Einzige, was zählt." Jetzt löste sie den Knoten wieder und befreite das Tier von der Fessel. „Üb das bitte, damit es nächste Woche sitzt."

„Alles klar", sagte Sean.

Zoe brauchte drei Anläufe, bis sie es endlich geschafft hatte, Cyprians Nummer zu wählen, so sehr zitterten ihre Finger. Wieder nahm er den Anruf sofort an.

„Hi, Zoe. Wie geht's?"

„Schlecht." Sie musste ein paarmal tief durchatmen, um nicht in Tränen auszubrechen. Was hätte sie jetzt darum gegeben, ihren Kopf an seine Schulter zu legen. „Du hattest leider recht", flüsterte sie. „Macmillan ist wirklich ein Teufel. Und seine Freundin Lynn ist ein Monster."

*B*evor das Rennen begann, war er schweißgebadet. Er
spürte den Herzschlag seines Reiters, aufgeregt und
wütend, noch schneller als sein eigener.

Er wollte nicht auf die Bahn, er wollte weg hier, weg.
Als die Türen der Box aufsprangen, versuchte er, zur
Seite auszubrechen. Er prallte gegen das Pferd neben
ihm, das ins Stolpern geriet, sich überschlug und seinen
Reiter unter sich begrub.

Seine Vorderbeine knickten ein, aber er konnte sich
wieder fangen. Er rannte jetzt, rannte in Richtung Ziel,
weil er begriffen hatte, dass es nur diese eine Richtung
gab.

Die anderen Pferde lagen weit vorn, er konnte sie
nicht einholen und wollte es auch nicht. Da lösten sich
auf einmal die Pfropfen aus seinen Ohren. Der Lärm der

Rennbahn, das Geschrei seines Reiters, die aufgeregten Rufe der Zuschauer trafen ihn wie Peitschenhiebe.

Er beschleunigte seine Schritte, er gab alles und wusste, dass es nicht genug war, dass es nie genug sein würde.

☙ 15 ❧

Nachdem Zoe Cyprian erzählt hatte, was sie hinter dem Stall beobachtet hatte, herrschte ein paar Sekunden lang Schweigen am anderen Ende der Leitung.

„Bist du noch dran?", fragte sie.

„Klar." Seine Stimme klang gepresst.

„Soll ich dir den Film rüberschicken?"

„Ich befürchte, das kannst du vergessen. Ich hab hier eine total schlechte Internetverbindung. Das geht nie und nimmer durch."

„Nicht schlimm. Man sieht leider ohnehin nicht viel, die Aufnahme ist ziemlich mies." Mit dem Handy am Ohr ließ sie sich auf ihrem Bett nach hinten fallen und starrte an die Decke. „Ich kann es kaum erwarten, hier wegzukommen. Am liebsten würde ich heute Abend noch abreisen."

„Halt durch", sagte Cyprian. „Wir müssen Eclipse da rausholen."

„Klar." Zoe seufzte. „Was sind das für Dinge, von denen Lynn gesprochen hat? Ohrstöpsel, Scheck, Stoßzügel – kennst du das?"

„Leider ja. Die Ohrstöpsel sind innen an den Ohrenschützern der Rennhaube angebracht. Sie sollen verhindern, dass die Pferde von dem Chaos auf der Rennbahn noch panischer werden, als sie es ohnehin schon sind. Es gibt einen Mechanismus, mit dem man sie von außen lösen kann. Wenn das Pferd mitten auf der Strecke ist, werden die Stöpsel gezogen und der plötzliche Lärm macht den Tieren solche Angst, dass sie noch schneller galoppieren."

„Oh mein Gott!", flüsterte Zoe.

„Der Scheck ist ein Riemen mit Bügel, der den Kopf des Pferdes am Rücken fixiert, sodass sie ihn nicht mehr senken können. Und die Stoßzügel verhindern, dass sie den Kopf zu weit nach oben nehmen. Sie laufen sozusagen mit fixiertem Kopf. Und manchmal auch mit mehreren Gebissen und Ketten im Maul. Es ist die totale Tortur."

„Das gibt's doch nicht."

„Pferde sind Fluchttiere. Sie rennen am schnellsten, wenn man ihnen Schmerzen zufügt und sie in Panik versetzt." Zoe hörte Cyprian tief einatmen.

„Meinst du, dass ich Macmillan morgen auf die Sache ansprechen soll? Wenn er merkt, dass ich über seine Machenschaften Bescheid weiß, kommt er uns bei Eclipse vielleicht entgegen und rückt ihn billiger raus."

„Das könnte funktionieren." Wieder atmete Cyprian tief durch.

„Und dann?", murmelte Zoe.

„Was – und dann?"

„Eclipse können wir vielleicht retten. Aber die anderen Pferde werden weiter gedopt und gequält. Und keiner unternimmt was."

Cyprian schwieg wieder sehr lange. „Wann stehst du morgen früh auf?", erkundigte er sich schließlich „Ich muss das alles erst mal verdauen. Wir sollten vor dem Frühstück noch mal telefonieren."

„Wir haben morgens um sechs einen Ausritt. Ich meld mich bei dir, wenn wir wieder zurück sind."

An diesem Morgen regnete es nicht. Der Himmel war blau und klar und die Sonne stand bereits schräg über den Bäumen, als Zoe und die anderen Jugendlichen ihre Pferde aus dem Stall führten und aufsattelten. Ihre Strahlen überzogen die Gebäude, den Hof und die Pferde mit einem goldgelben Schimmer und brachten das Grün der Wiesen und Büsche zum Leuchten.

Der Vorfall von gestern Abend kam Zoe plötzlich wie ein unwirklicher Albtraum vor. Hatte sie das Ganze tatsächlich erlebt?

Lynn kontrollierte bei jedem einzelnen Kandidaten den Sitz der Trense und des Sattels, hier und da rückte sie die Satteldecke zurecht oder zog einen Gurt nach. Als sie zu der Schimmelstute trat, die Zoe zugeteilt worden war, wich Zoe ihrem Blick aus und starrte zu Boden.

„Alles super", lobte Lynn. „Gut gemacht, Zoe."

Zoe nickte, ohne die Augen von ihren Reitstiefeln zu heben. Sie brachte es einfach nicht über sich, Lynn anzusehen.

„Du bist ja noch im Tiefschlaf", spottete Lynn. „Wenn du Jockey werden willst, musst du dich ans frühe Aufstehen gewöhnen. Heute sind wir spät dran. Normalerweise beginnt der Tag um fünf."

Sie trabten eine Runde über die Rennbahn. Kein Galopp, hatte Macmillan ihnen eingeschärft, der nicht mitritt, sondern mit einem Feldstecher in der Mitte der Bahn stand und sie beobachtete.

Zoe absolvierte den Ausritt schweigend, danach sattelte sie ihre Stute so schnell wie möglich ab, rannte zurück in ihr Zimmer und wählte Cyprians Nummer.

Diesmal dauerte es eine Weile, bis Cyprian den Anruf annahm. „Sorry", keuchte er. „Hab dich gar nicht gehört."

Seine Stimme war kaum zu verstehen, weil es im Hintergrund so laut rauschte.

„Wo bist du denn?", fragte Zoe.

„Unterwegs zum Spediteur."

„Zum – was?"

„Ich hab einen Pferdetransporter bestellt. Wir kommen raus zum Gestüt und holen Eclipse. Und dann bringen wir ihn nach Snowfields. Ist eine ganz schöne Strecke, vermutlich sind wir eine knappe Woche unterwegs. Aber egal."

„Was?" Zoe schnappte nach Luft. „Hör mal, ich hab doch noch nicht mal mit Macmillan gesprochen. Vielleicht will er Eclipse gar nicht verkaufen."

„Er wird ihn schon hergeben", sagte Cyprian. „Ich habe gerade mit Caleb telefoniert. Wir können den Verkauf über ihn laufen lassen, er streckt mir das Geld erst mal vor. Und die Kosten für den Transport übernimmt er auch."

„Und wenn Macmillan sich querstellt?"

„Caleb meint, dass er einknicken wird, wenn er hört, was wir gegen ihn in der Hand haben. Eclipse bedeutet ihm nichts. Aber die Dopinggerüchte schaden ihm, die kann er nicht brauchen."

„Die Dopinggerüchte?", wiederholte Zoe ungläubig. „Das sind keine Gerüchte, das ist ein Fakt."

„Ich weiß. Aber wir haben keine Beweise."

„Ich hab den Handy-Film. Und ich kenne den Namen von dem Tierarzt in Toronto, der die Dopingkontrollen beeinflusst …"

„Es hat keinen Sinn, Zoe." Cyprians Stimme klang müde. „In der Branche weiß jeder, dass Macmillan dopt. Die Tierschützer versuchen seit Jahren, gegen ihn vorzugehen. Aber man kann ihm einfach nichts anhaben. Einen Großteil der Leute in der Szene hat er geschmiert und die anderen halten den Mund, weil sie von ihm abhängig sind."

„Was ist mit dem Zungenband? Und diesem Scheck und den Spezialzügeln?", fragte Zoe.

„Das sind legale Hilfsmittel. Dagegen kann man gar nichts machen."

„Hilfsmittel." Zoes Stimme bebte vor Empörung.

„Ich habe diese Vorschriften nicht gemacht, Zoe."

„Macmillan ist ein Tierquäler und Verbrecher, wir dürfen nicht zulassen, dass er so weitermacht."

Cyprian schwieg einen Moment lang. „Wir können das Video an eine Tierschutzorganisation schicken", sagte er. „Aber vermutlich wird das nichts bringen. Es ist genau wie damals mit dem prügelnden Jockey: Die Tierschützer stellen den Film ins Netz und einige

Stunden später sorgen Macmillans Anwälte dafür, dass er wieder gelöscht wird."

Zoe holte tief Luft. „Das heißt also im Klartext: Wir ziehen den Schwanz ein und versuchen gar nicht erst, Macmillan zu stoppen."

„Das heißt im Klartext: Wir holen Eclipse da raus. Mehr können wir nicht tun." Cyprian machte eine kurze Pause. „Tut mir leid, Zoe. Aber Caleb hat recht, wir verschwenden nur unsere Energie. Macmillan ist …"

Den Rest des Satzes hörte Zoe nicht mehr. Sie hatte aufgelegt.

Mit großen, wütenden Schritten eilte sie zu Joseph Macmillans Büro, das im mittleren der rot verklinkerten Gebäude untergebracht war. Eine breite Steintreppe führte zum Eingang empor. Den Boden der Empfangshalle bedeckten wunderschöne ockergelbe Fliesen. Die hohen Fenster waren mit buntem Bleiglas verziert, das die Sonnenstrahlen in ein flirrendes Farbspiel verwandelten.

Ein Schild wies Zoe den Weg zum Besprechungszimmer. Vor der Tür lehnte ein Mann an der Wand. Alex' Vater.

„Du musst leider einen Moment warten", sagte er mit nervösem Lächeln. „Alex ist noch drin."

Zoe nickte und lehnte sich ebenfalls an die Wand. Sie schloss die Augen und versuchte, ruhig durchzuatmen. Ihre Wut zu bezwingen. Sie durfte Macmillan gegenüber nicht ausrasten, sie musste cool bleiben.

„Das ist ein ganz schöner Nervenstress, was?" Alex' Vater verkannte die Lage anscheinend. „Der Junge war auch fix und fertig vor Aufregung. Er hat es letztes Jahr schon hier versucht. War am Boden zerstört, als es nichts geworden ist. Damals hat Macmillan ihm gesagt, dass er nicht genug Biss hat. Nicht genug Biss, *mein* Sohn!" Alex' Vater schüttelte ungläubig den Kopf. „Jockey bei Macmillan, das ist sein absoluter Traum."

Jockey bei Macmillan. Um dann Pferden die Zungen an den Kiefer zu binden und sie mit unerlaubten Substanzen zu dopen. Zoe wusste nicht, ob sie lachen oder weinen sollte.

Bevor sie irgendetwas entgegnen konnte, öffnete sich die Tür zum Büro und Alex trat in den Flur.

„Wie ist es gelaufen, Junge?", fragte sein Vater besorgt. Dabei war die Frage überflüssig, Alex strahlte nämlich übers ganze Gesicht.

„Alles super", verkündete er stolz. Nun fiel sein Blick auf Zoe und sein Lächeln veränderte sich. Ihm schien plötzlich unbehaglich zu sein.

Seltsam, fand Zoe.

„Macmillan wartet schon auf dich", sagte er zu ihr. „Viel Erfolg."

16

Zoe trat an Alex vorbei in Macmillans großes Büro, das fast wie eine Art Thronsaal wirkte. Ein goldener Kronleuchter hing von der Decke. Auf dem glänzenden Parkett lag ein dicker orientalischer Teppich. Die holzvertäfelten Wände zierten Urkunden und Bilder von Rennpferden und Jockeys, und auf einem hohen Regal standen Pokale und goldene Teller.

Es war ziemlich dunkel in dem Raum, durch die hohen schmalen Fenster mit Spitzbögen fiel nur wenig Licht.

Joseph Macmillan saß hinter einem mächtigen schwarzen Schreibtisch.

„Hallo, Zoe." Er sah nur kurz auf, als sie den Raum betrat, dann senkte er den Blick wieder auf den Bildschirm des Laptops, der vor ihm stand. „Setz dich."

Zoe nahm auf dem mit Leder bezogenen Stuhl Platz, der vor dem Schreibtisch stand und noch warm von Alex war. Ihr Kopf war leer, sie hatte keine Ahnung, wie sie das Gespräch beginnen sollte.

Aber das war auch nicht nötig, das übernahm Macmillan für sie.

„Gar nicht mal so schlechte Ergebnisse", sagte er. „Im Reiten hast du echt was drauf. Gestern auf dem E-Pferd, heute Morgen im Gelände, das kann sich sehen lassen", nun hob er endlich den Kopf und musterte sie mit seinen braunen Augen. „Du bist ein richtiges Wunderkind."

Zoe spürte, wie ihr heiß wurde. *Ein Wunderkind.* Das konnte kein Zufall sein.

„Sie haben mich gegoogelt." Zu ihrem Ärger zitterte ihre Stimme.

Macmillan zog die Mundwinkel nach oben, es sah eher aus wie eine Grimasse als wie ein Lächeln. Seine Blicke durchbohrten sie.

„Ich hab die Flöte aufgegeben", sagte Zoe. „Das ist vorbei."

„Und jetzt willst du Jockey werden." Es war keine Frage, dennoch nickte Zoe.

„Das nehm ich dir nicht ab, Zoe Deventer." Seine Augen hinter der roten Brille wurden zu schmalen Schlitzen. Er fixierte Zoe wie ein Raubvogel eine Maus.

„Ich weiß nicht, was Sie meinen." Ihre Stimme war dünn vor Nervosität. Sie hätte sich selbst nicht geglaubt und Macmillan glaubte ihr auch nicht.

„Warum hast du dieses Foto im Stall gemacht?", fragte er. „Du wusstest doch, dass Fotografieren verboten ist."

Alex. Deshalb hatte er sie gerade eben so seltsam angesehen. Er hatte sie an Macmillan verraten. Dadurch gab es für ihn eine Konkurrentin weniger auf dem Weg zum Ziel. Sein Vater hatte recht, man konnte Alex wirklich nicht vorwerfen, dass er zu wenig Biss hatte.

„Ich … äh … tut mir leid", stammelte Zoe. „Aber Eclipse gefällt mir." Sie beschloss, nicht länger um den heißen Brei herumzureden, sondern direkt zum Punkt zu kommen. „Ich würde ihn gerne kaufen."

„Was?" Nun war Macmillan irritiert, das war unverkennbar.

„Wie viel wollen Sie für ihn?"

Der Galopptrainer lehnte sich in seinem Sessel zurück und verschränkte die Arme hinter dem Nacken. „Eclipse ist ein Wahnsinnspferd", sagte er. „Den kannst du dir gar nicht leisten."

„Das ist Quatsch. Er ist total fertig. Als Galopper taugt er gar nichts."

„Du musst es ja wissen." Macmillan grinste. Dann schüttelte er den Kopf. „Ich verkauf ihn nicht."

„Gut", sagte Zoe. „Wie Sie wollen."

Zu ihrer Überraschung wurde Macmillans Lächeln noch breiter. „Kommt jetzt die Nummer mit der Erpressung?"

Zoe erstarrte. „Wie bitte?"

Wortlos griff er zu seinem Laptop und drehte ihn um, sodass sie den Bildschirm sehen konnte. Zoe erkannte sich selbst. Sie stand neben dem Stall, den Rücken an die Wand gepresst, ihr Smartphone in der Hand. Während sie Lynn und Sean gefilmt hatte, war sie selbst aufgenommen worden.

„Wir haben überall Überwachungskameras", erklärte Macmillan. „Die Pferde sind schließlich kostbar, wir müssen sie schützen. Vor Leuten wie dir."

Zoe atmete tief durch. Ruhig bleiben, beschwor sie sich. Nicht die Nerven verlieren.

„Dann wissen Sie ja, dass ich alles weiß. Sie dopen Ihre Pferde. Und Sie quälen sie."

Macmillan lachte. Er klang nicht spöttisch oder gar böse, sondern ehrlich amüsiert. „Du hast ja echt eine blühende Fantasie."

„Ich habe Beweise", sagte Zoe. „Und ich geh damit an die Öffentlichkeit."

Nun verschwand das Lachen aus seinem Gesicht. „Tu, was du nicht lassen kannst." Der Galopptrainer unterdrückte ein Gähnen. „So, ich glaube, wir sind hier fertig. Der nächste Kandidat wartet bestimmt schon draußen. Schönen Tag noch, Zoe Deventer."

Vor Zoes Augen begann alles zu verschwimmen, ihr wurde schwindlig. Es kostete sie ihre ganze Kraft, aufzustehen und ohne zu schwanken zur Tür zu gehen. Es war vorbei. Sie hatte das Spiel verloren. Macmillan würde weiter betrügen und Pferde quälen. Und Eclipse hatte sie ihm auch nicht entreißen können.

Zoe war schon an der Tür, als er sie aufhielt.

„Wenn du die Aufnahme löschst, kannst du den Gaul haben." Macmillans Stimme klang total gelangweilt.

Sie blieb stehen, während ihre Gedanken zu rasen begannen. Er wollte den Film. Das bedeutete, dass ihm das Video doch nicht egal war. Es machte ihm Angst. Oder beunruhigte ihn zumindest. Alles in ihr sträubte sich dagegen, sein Angebot anzunehmen. Wenn sie die Aufnahme löschte, hatte sie nichts mehr gegen Macmillan in der Hand.

„Ich zähle bis drei, Zoe", sagte er langsam. „Wenn dein Handy dann nicht auf dem Tisch liegt, platzt der Deal. Ich behalte Eclipse und du kannst mich richtig fertigmachen." Wieder lachte er so belustigt, als wäre das Ganze ein guter Witz.

Sie fischte ihr Smartphone aus der Tasche, ging zurück zum Schreibtisch und reichte es ihm.

Er rief den Film auf und löschte ihn, ohne ihn vorher anzusehen.

„Siehst du? Hat doch gar nicht wehgetan." Er gab ihr das Handy wieder zurück.

„Wie viel wollen Sie für Eclipse?", fragte sie mit belegter Stimme.

„Nichts."

„Wie bitte?" Einen schrecklichen Moment lang war sie überzeugt, dass er sie reingelegt und sie den Film sinnlos geopfert hatte.

„Du kannst ihn umsonst haben. Du hast recht, das Pferd ist am Ende. Der bringt nichts mehr. Frisst nur noch. Die Papiere kriegst du nachher.«

Zoe nickte kraftlos. Wenigstens etwas.

Sie war wieder an der Tür, als er sie erneut aufhielt. „Warum bist du wirklich hierhergekommen? Wegen dem Gaul?"

Sie zögerte einen Moment. Dann nickte sie. „Er hat einmal einem Freund von mir gehört. Und der will ihn wiederhaben."

„Und wieso hast du dich als Nichte von Ellen de Cesco ausgegeben?"

Zoe zuckte mit den Schultern. „Das war die Idee meiner Freundin. Die Anmeldefrist war ja schon vorbei und sie dachte, so komm ich vielleicht leichter hier rein."

Er grinste. „Sag deiner Freundin einen schönen Gruß. Die Idee war super. Ellen de Cesco ist eine tolle Frau."

„Dachte ich mir, dass sie Ihnen gefällt", erwiderte Zoe.

Joseph Macmillan hatte nicht zu viel versprochen. Eine knappe Stunde später gehörte Eclipse Zoe. Die Sekretärin Mrs. Becker übergab Zoe eine Schenkungsurkunde, den Pferdepass und alle weiteren Papiere des Appaloosas.

„Das Pferd ist vollkommen gestört", warnte sie sie. „Du darfst ihn auf keinen Fall allein aus der Box holen. Lass dir von einem der Stallburschen beim Rausführen und Verladen helfen."

Aber als Zoe auf den Hof trat, war dort niemand zu sehen. Es war Mittag, die anderen Teilnehmer, ihre Eltern, Lynn und Macmillan selbst waren beim Essen. Und die Pferdepfleger und Jockeys machten wahrscheinlich ebenfalls Mittagspause.

Zoe wollte aber nicht warten. Cyprian hatte sie von unterwegs aus angerufen, der Transporter wäre in zehn Minuten im Gestüt. Bis dahin wollte sie Eclipse aus dem Stall gebracht haben. Und dann nichts wie weg hier.

Während sie zum Stall ging, dachte sie an Alex. An sein strahlendes Gesicht, als er aus Macmillans Büro gekommen war. Er hatte seine Zusage auf einen Ausbildungsplatz bereits bekommen, da war sich Zoe sicher. Indem er Zoe verraten hatte, hatte er Macmillan seine Loyalität bewiesen, das gefiel dem Galopptrainer.

Er hat es von Anfang an darauf angelegt, die anderen Bewerber auszuschalten, dachte sie. Schon am ersten Abend hatte Alex versucht, Zoe zu verunsichern. *Das Interview war ein richtiges Quiz, Macmillan wollte alles Mögliche von mir wissen.* Und Zoe hatte prompt die halbe Nacht Pferde- und Reiternamen gebüffelt, wie bescheuert von ihr.

Sie schob den Gedanken an den ehrgeizigen Widerling von sich und öffnete die Stalltür. In den Sonnenstrahlen, die durch die großen Oberlichter fielen, tanzten Staubpartikel, glitzernd wie winzige Edelsteine.

Wieder reagierten die Tiere äußerst nervös, als sie die Stallgasse entlangging, um zu Eclipses Box zu gelangen. Morning Glory schnaubte und rollte mit den Augen. Im Verschlag neben ihm warf eine hellgraue Stute den Kopf hin und her. Links, rechts, links, rechts, links, rechts. Wie eine Maschine wiederholte sie ständig dieselbe Bewegung.

Diese Pferde waren in Not. Macmillan würde sie

früher oder später alle zugrunde richten. Und Zoe konnte nichts, überhaupt nichts dagegen tun.

Nun war sie an Eclipses Box angekommen.

Der Appaloosa stand mit hängendem Kopf in seinem Verschlag, er zuckte nicht einmal mit den Ohren, als Zoe die Tür öffnete und eintrat. Sie griff nach dem Halfter, das neben der Tür hing. Regungslos ließ der Hengst es sich überstreifen.

„Brav", flüsterte Zoe. „Guter Junge."

Dann klopfte sie seinen Hals und wollte sich in Bewegung setzen, aber im selben Moment bäumte der Appaloosa sich auf. Seine Hufe sausten durch die Luft, um ein Haar hätte er Zoe getroffen. Sie schaffte es gerade noch, aus der Box zu flüchten.

Eclipses Aufregung übertrug sich auf den Rest des Stalles, im Nu gerieten alle Pferde in Panik, lautes Wiehern und Getrampel drang aus den Boxen.

„Was ist denn hier los?" In der Stalltür tauchte Sean auf. „Ich glaub, ich spinne! Was hast du hier drin verloren? Raus mit dir, aber plötzlich!"

Bevor Zoe antworten konnte, sah sie Cyprian. Er stand hinter Sean auf dem Hof und blickte sich suchend um.

Zoes Herz machte einen Luftsprung. Sie stürzte an dem verblüfften Jockey vorbei in den Hof und fiel

Cyprian um den Hals. „Ich bin so froh, dass du da bist. Eclipse ist im Stall. Aber ich krieg ihn da nicht raus."

Er drückte sie fest an sich. „Das schaffen wir schon."

Sie brauchten eine geschlagene Stunde und die Hilfe von vier Pferdepflegern, bis sie Eclipse endlich aus dem Stall und in den Hänger bugsiert hatten. Der Appaloosa hatte sich auch von Cyprian nicht beruhigen lassen, er schien ihn überhaupt nicht wiederzuerkennen.

Zoe wusste, dass das ein schwerer Schlag für Cyprian war. Aus seinem einstigen Freund und Seelengefährten war ein verstörtes Nervenbündel geworden, das jede Erinnerung an die gemeinsame Zeit verloren hatte.

„Wir hauen sofort ab", beschloss Cyprian, nachdem der Fahrer die Klappe des Anhängers geschlossen hatte. „Je schneller wir hier weg sind, desto besser."

Er warf einen bösen Blick auf das Gestüt, das aussah wie die Kulisse zu einem romantischen Liebesfilm. Während der gesamten Verladeaktion hatten sich weder Joseph Macmillan noch Lynn im Hof blicken lassen, obwohl sie garantiert mitbekommen hatten, was hier los war.

„Willst du mitfahren?", fragte Cyprian. „Im Wagen

ist noch Platz. Aber ich muss dich warnen. Die Fahrt wird bestimmt eine ziemliche Tortur."

Zoe starrte immer noch auf die wunderschönen Gebäude des Gestüts, deren Dächer im Sonnenlicht strahlten.

Du bist ein richtiges Wunderkind, hörte sie Joseph Macmillan wieder sagen. Und das brachte sie auf eine Idee.

Gedankenverloren schüttelte sie den Kopf. „Nein, ich nehm mir ein Taxi und flieg zurück nach Vancouver."

„Nach Vancouver?" Cyprian klang enttäuscht.

„Ich muss da was erledigen."

„Was hast du denn vor?"

„Ich will die anderen Pferde retten", sagte Zoe. „Macmillan täuscht sich. Das Spiel ist noch nicht zu Ende."

*D*er Junge mit den Himmelsaugen war wiedergekommen.

*Er stand ganz plötzlich vor ihm. Vor der Bretterwand,
die seine Welt begrenzte, unter dem Fenster, hinter dem
der Himmel lag.*

*Der Junge legte eine Hand an seinen Hals und fuhr
mit den Fingern durch seine Mähne und schnalzte mit
der Zunge und sagte seinen Namen. Alles war wie früher. Und doch war nichts wie früher, weil er ihm nicht
mehr trauen konnte.*

*Der Junge mit den Himmelsaugen war gekommen,
um ihn zu holen. Er wollte ihn zurück auf die Rennbahn
bringen, zu den schreienden Menschen, die ihn peitschten und ihre Sporen in seine Flanken bohrten.*

Aber er wollte nicht zurück. Sein Leben war furchtbar,

aber das, was dort draußen lag, war noch viel furchtba-
rer, das wusste er genau.

Als der Junge mit den Himmelsaugen nach seinem
Halfter griff, um ihn aus dem Stall zu führen, stemmte
er sich mit aller Macht dagegen. Und stieg und schlug
aus und hätte den Jungen getreten, der einmal alles für
ihn gewesen war, bis er ihn verraten und verlassen hatte.

17

Der große Saal der Vancouver Concert Hall war bis
auf den letzten Platz ausverkauft. Als Zoe die Bühne
betrat und zu ihrem Platz vor dem Orchester ging,
brandete Applaus auf. Er schwoll zu einer Woge der
Begeisterung an, die sie ergriff und trug.

Ihr Blick flog über die Menschen auf den Rängen
und im Parkett. Lauter erwartungsvolle, neugierige
Gesichter. Dann landete er in der ersten Reihe. Da
saßen Zoes Eltern und neben ihnen Cyprian, Isabelle
und Cathy mit einer kniehohen Schiene am Bein. Ihre
purpurroten Haare leuchteten wie Feuer. Sie strahlte
Zoe an, Isabelle winkte ihr verstohlen zu, Cyprian lächelte.

Zoe lächelte zurück. Sie verbeugte sich, dann blickte
sie zu dem Dirigenten Onni Seikola, der das Vancou-

ver Symphonic Orchestra leitete. Er nickte ihr zu und hob seinen Taktstock.

Die Geiger setzten ein, zart und fröhlich, und Zoe nahm ihre Querflöte an die Lippen.

Sie spielten das Flötenkonzert Nr. 2 von Wolfgang Amadeus Mozart. Ein Stück, das Zoe über alles liebte, das sie oft gespielt hatte und nun zum allerletzten Mal vortragen würde.

Zoes Finger tanzten über das Instrument. Die Töne perlten aus ihrer Flöte und erfüllten den großen schönen Saal, die Menschen und auch sie selbst mit heller Freude.

In der ersten Reihe schloss ihre Mutter die Augen. Über ihre Wangen rollten Tränen.

Noch vom Flughafen in Portland aus hatte Zoe sie angerufen und ihr alles erzählt. Dass sie nicht in Seattle bei Cathy gewesen war, sondern auf einem Gestüt in Portland. Und was in den letzten Tagen passiert war. Irmhild Sullivan war zuerst irritiert, dann entgeistert und zum Schluss fassungslos. Und als Zoe ihr von ihrem Plan erzählte, fehlten ihr erst einmal die Worte.

„Ist das wirklich dein Ernst?", fragte sie dann.

„Klar", sagte Zoe. „Aber ich schaff das nur, wenn du mir hilfst."

Kurzes Schweigen am anderen Ende der Leitung. „Natürlich helfe ich dir", sagte ihre Mutter.

Als Zoe in Vancouver landete, hatte ihre Mom bereits den Konzerttermin in der Concert Hall vereinbart. Danach hatte sie Kontakt mit CBS aufgenommen und dem Fernsehsender die exklusive Berichterstattung über Zoe Deventers letztes Konzert angeboten. Allerdings unter der Bedingung, dass CBS sich auf einen Deal einließ.

Noch am selben Abend kamen zwei Reporter aus der Sportredaktion zu ihnen ins Haus, um Zoe zu den Vorfällen in Portland zu interviewen. Hinterher nahmen sie ihr Handy mit und bis zum nächsten Morgen hatten sie das gelöschte Video rekonstruiert.

Zwei Tage später platzte die Bombe. Die CBS-Hauptnachrichten berichteten, dass der Galopper Morning Glory beim Toronto Derby wegen Dopings disqualifiziert worden war. Gleichzeitig hatte eine groß angelegte Durchsuchung des Gestüts in Portland stattgefunden, bei der hohe Mengen an illegalen Dopingmitteln sichergestellt worden waren. Fast alle Pferde im Rennstall hatten verbotene leistungsfördernde Substanzen im Blut.

Wiederum eine Woche später wurde der Rennstallbesitzer und Galopptrainer Joseph Macmillan nach einer richterlichen Anordnung lebenslänglich für den

Rennsport gesperrt. Seine Lebensgefährtin Lynn Cartwright und vier weitere Jockeys erhielten Sperren von vier Jahren.

„Macmillan soll in über hundert Rennen betrogen haben", hatte die National Post geschrieben, die wie alle großen Zeitungen und Fernsehsender auf das Thema aufgesprungen war. „Den berühmten Galopptrainer erwarten nun hohe Schadensersatzklagen der im Rennen unterlegenen Reitställe."

„Der Typ ist erledigt", sagte Zoes Vater nach der Zeitungslektüre. „Der kann sein Gestüt zumachen."

„Hoffen wir mal, dass die Pferde nun bessere Besitzer kriegen und nicht vom Regen in die Traufe kommen", sagte Irmhild Sullivan nachdenklich.

„Am liebsten würde ich sie alle kaufen und nach Snowfields bringen", erklärte Zoe.

„Du hast jetzt erst mal was anderes zu tun", sagte ihre Mutter.

Üben. Das stand auf Zoes Terminplan. Bis zum Konzert waren es nur noch wenige Tage. Zoe spielte vom Morgen bis zum Abend Querflöte und ihre Mutter hörte ihr die ganze Zeit zu und coachte sie. Ihr eigenes Konzert in Toronto hatte sie abgesagt.

„Dir ist schon klar, dass das Ganze nur eine einmalige Sache ist?", fragte Zoe sie. „Es wird mein allerletzter Auftritt."

Irmhild Sullivan lächelte traurig. „Ich weiß, Zoe. Aber dann soll es wenigstens dein bestes Konzert werden."

Es war nicht ihr bestes Konzert, das war Zoe klar, als sie ihre Flöte nach dem Schlussakkord sinken ließ und tosenden Applaus erhielt.

Sie hatte alles gegeben, aber es war nicht zu überhören gewesen, dass sie das letzte Jahr auf dem Pferderücken verbracht hatte, anstatt Flöte zu üben. Ihre Fingerfertigkeit hatte nachgelassen, ihre Intonation war weniger präzise als früher. Aber im Unterschied zu früher war sie heute entspannt und durch und durch zufrieden und das hörten ihre Eltern und das spürten auch die übrigen Besucher im Saal.

Jetzt erhoben sich die ersten Zuhörer und klatschten im Stehen. Auch Isabelle, Cathy und Cyprian waren aufgestanden. Zoe warf ihnen eine Kusshand zu und winkte ins Publikum. Dann verbeugte sie sich ein letztes Mal und ging ab. Keine Zugabe. Es war vorbei.

„Wow", sagte Cyprian. „Das war gigantisch. Du darfst niemals aufhören zu spielen, Zoe."

Er war zu Zoe in die Garderobe gekommen und lehnte nun an ihrem Schminktisch. Sie hatte gerade die Klammern aus ihrer Hochsteckfrisur gelöst und schüttelte ihre Haare, die locker auf ihre nackten Schultern fielen.

Zoe lächelte. „Ich bin froh, dass es überstanden ist. Vielleicht schaff ich es irgendwann mal, einfach so zu spielen. Nur zum Vergnügen. Aber noch bin ich nicht so weit."

„Es war so unglaublich schön", sagte Cyprian. „Cathy und Isabelle sind auch total von den Socken. Ich wusste nicht, dass du *so* gut bist, Zoe."

„Ich bin froh, dass ihr gekommen seid." Sie fuhr sich mit beiden Händen durch die Haare. „Wie geht es Eclipse?", wechselte sie dann das Thema. „Hat er die Reise einigermaßen gut überstanden?"

Cyprians Gesicht verdüsterte sich. „Er ist vollkommen verstört. Ich glaube jedoch nicht, dass die lange Fahrt daran schuld ist. Das letzte Jahr muss der komplette Horror für ihn gewesen sein."

„Jetzt ist er in Sicherheit", sagte Zoe. „Und wir haben alle Zeit der Welt, ihn wieder ins Leben zurückzuholen. Wozu sind wir schließlich Pferdeflüsterer?"

Cyprian nickte. „Danke, Zoe. Nicht nur für das, was du für Eclipse getan hast. Die Idee mit dem Konzert war groß. Du hast es Macmillan gezeigt, ein für alle Mal. Der Typ wird nie mehr ein Rennpferd quälen."

„Alex wird sich nun doch nach einem anderen Ausbildungsplatz umsehen müssen", überlegte Zoe.

„Wer ist denn Alex?", fragte Cyprian.

„Egal. Schnee von gestern." Zoe straffte ihre Schultern, atmete tief durch und nickte. „Weißt du, was ich jetzt mache?"

„Keine Ahnung." Seine blauen Augen glitzerten neugierig. „Was denn?"

Sie trat langsam auf ihn zu, bis sie direkt vor ihm stand. Einen Moment lang sog sie den vertrauten Cyprian-Duft ein. Dann hob sie die Arme und schlang sie um seinen Hals. Und küsste ihn.

Und Cyprian küsste Zoe zurück.

Der Junge mit den Himmelsaugen hatte ihn in einen Kasten getrieben und die Türen hinter ihm geschlossen.

Aber als er ihn wieder herausgeholt hatte, hatte er ihn nicht auf die Rennbahn geführt und auch nicht in einen neuen Verschlag. Er stand jetzt auf einer Weide. Unter ihm war Gras, über ihm der Himmel, der nicht länger viereckig war, sondern weit und unendlich groß.

Da waren andere Pferde, die ihn aus der Ferne beäugten. Am Anfang hatten sie sich ihm genähert, hatten ihn schnuppernd begrüßt. Doch er hatte ihre Sprache vergessen und konnte sich ihnen nicht verständlich machen. Da nahmen sie Abstand von ihm.

Wenn abends die Sonne unterging, fragte er sich, ob ihn in der Nacht jemand abholen und wegbringen *würde. Wenn morgens der Tag begann, wunderte er sich, dass er immer noch hier war. Dass auch der Junge mit den Himmelsaugen noch hier war.*

Der Junge kam jeden Tag auf die Weide und schnalzte mit der Zunge und rief seinen Namen.

Er merkte, wie seine Angst und sein Misstrauen immer kleiner wurden. Wie etwas anderes in ihm wuchs, das er lange nicht mehr gespürt hatte.

Zuversicht.

Nachwort

Als ich mit der Arbeit an diesem Buch begonnen habe, wusste ich so gut wie gar nichts über Galopprennen.

Also fing ich erst mal mit der Recherche an. Ich wollte wissen, wie internationale Rennen ablaufen, wie die Pferde trainiert und die Jockeys ausgebildet werden.

Und je mehr ich über Galopprennen herausfand, desto schockierter war ich. Wie bei allen internationalen Sportwettbewerben geht es bei Pferderennen um viel Geld. Im Gegensatz zu den menschlichen Leistungssportlern treten die Pferde aber nicht freiwillig zu den Rennen an.

Sie werden dazu gezwungen, mit denselben schmerzhaften „Hilfsmitteln", wie sie auf Macmillans Gestüt angewendet werden. Peitschenhiebe, Ohrstöpsel, Zungenband, Scheck oder Stoßzügel sind heute noch in den meisten Ländern zugelassen und akzeptiert. Oft ereignen sich bei den Rennen schwere Unfälle und Stürze, nach denen Rennpferde eingeschläfert werden müssen. Doping und Medikamentenmissbrauch sind ein großes Problem. Und nach ihrer „Karriere" als Galopprenner leiden viele Tiere an Sehnenschäden, chronischen Schmerzen und Verhaltensstörungen.

Wer mehr über diese Themen erfahren will, dem empfehle ich den Beitrag auf der Website der Tierschutzorganisation PETA *(https://www.peta.de/Pferde rennen)*.

Für Tierfreunde sollten Pferderennen tabu sein. Besucht keine Galopprennen und sprecht mit eurer Familie und euren Freunden darüber, wie fragwürdig die Welt des Pferderennsports ist.

Düsseldorf, im November 2018

Gina Mayer

© Sibylle Pietrek

Gina Mayer träumt nachts oft davon, dass sie auf einem schwarzen Pferd durch die Wildnis galoppiert. Aber im wirklichen Leben steigt sie nie in den Sattel, weil sie viel zu große Angst vor dem Runterfallen hat. Da sitzt sie lieber an ihrem Schreibtisch und denkt sich spannende Geschichten für Kinder und Erwachsene aus. Warum sie trotzdem so viel über Pferde weiß? Vielleicht von ihrem Traumpferd …

Gina Mayer

Pferdeflüsterer ACADEMY

Band 6

Auf dem Weg zum Parkplatz kam Zoe und Haruko einer der Pferdepfleger entgegen. Brent führte die Araberstute von Mrs. de Cesco am Halfter.

Calypsos Bauch war prall und rund wie ein großer Ball und schwankte bei jedem Schritt hin und her. Die Stute war trächtig. Ellen de Cesco, die in Snowfields Spring- und Dressurreiten unterrichtete, hatte sie im letzten Jahr zum ersten Mal decken lassen, und nun stand bald die Geburt an.

Zoe mochte die stellvertretende Direktorin überhaupt nicht, aber es berührte sie, wie aufgeregt die Lehrerin in letzter Zeit war. Mrs. de Cesco liebte Calypso wie ihr eigenes Kind und machte sich große Sorgen um die Stute.

„Alles okay mit Calypso?", fragte Zoe Brent.

„Aber sicher." Der Pfleger streichelte die Flanke der Araberstute. „Sie zieht heute in die Abfohlbox um."

„Heute schon?" Haruko riss ihre schwarzen Augen auf. „Aber das Fohlen soll doch erst in drei Wochen kommen. Ist das nicht ein bisschen früh?"

„Fand Dr. Bell auch." Brent grinste. „Hätte er mal besser für sich behalten sollen."

„Wieso?", fragte Zoe.

„Mrs. de Cesco hat ihn rausgeworfen." Brent senkte seine Stimme zu einem vertraulichen Raunen. „Sie hat jetzt einen Tierarzt aus Toronto engagiert, der wird in den nächsten Tagen hier einfliegen und soll die Geburt überwachen."

„Was für ein Wirbel!", sagte Haruko.

„Wirbel?" Brents Grinsen wurde noch breiter. „Pass auf, was du sagst. Hier geht es schließlich nicht um irgendein Pferd, sondern um …"

Weiter kam er nicht. „Da sind Sie ja, Brent!", drang eine laute Frauenstimme zu ihnen herüber. „Wie lange soll ich eigentlich noch warten? Ich würde Calypso gerne *heute noch* in ihre Box bringen."

Im Durchgang zum Innenhof stand Mrs. de Cesco. Wie immer, wenn sie auftauchte, hatte Zoe das Gefühl, dass die Temperatur um ein paar Grad sank.

Brent hastete mit Calypso weiter, ohne sich von Zoe und Haruko zu verabschieden.

Der Shuttlebus wartete schon auf dem Parkplatz. Während Haruko das Paket abgab, sah Zoe den Pferdetransporter. Er tauchte soeben am Waldrand auf und kam über die Landstraße auf sie zu. Hinten im Hänger stand bestimmt Calebs neuer Patient aus Alberta. In wenigen Minuten wäre der Wagen hier.

Da Caleb in einer Lehrerkonferenz festsaß, hatte er Zoe beauftragt, Isabelle oder Cyprian Bescheid zu geben, damit einer von ihnen das Pferd in Empfang nahm. Doch Isabelle schlief noch. Und Cyprian würde total genervt reagieren, wenn Zoe ihn ein zweites Mal störte.

„Kommst du mit nach oben?", fragte Haruko.

„Geh schon mal vor", erwiderte Zoe. „Ich hab hier noch was zu erledigen."

Nun bog der Transporter auf den Parkplatz ein und kam ein paar Meter neben ihr zum Stehen. Ein Mann sprang vom Fahrersitz.

„Hi!", rief er Zoe zu. „Ich muss zu Caleb Cole. Weißt du, wo ich den finde?"

„Der kann grad nicht", sagte Zoe. „Aber ... äh ... ich kann Ihnen gerne helfen."

Er musterte sie zögernd. „Du?"

„Ich bin seine ..." Schülerin, wollte Zoe sagen, aber dann schluckte sie das Wort hinunter. „Assistentin", sagte sie stattdessen.